LEDA

Roberto Pompeu de Toledo

LEDA

Relato romanesco em
13 capítulos e epílogo,
contendo uma versão
condensada de
A Busca Vã da Imperfeição

OBJETIVA

I

Chapéu... Sim, havia um chapéu, de fino feltro negro, elegante chapéu de proteger da friagem e do sol mas também de impor respeito, e os olhares em volta eram de admiração e reverência, quando não enamorados e suspirosos, ou... não, não tão elegante, na verdade um chapéu pobre e roto, chapéu-coco à Carlitos, divertido, com que se brincava e ria, pondo e tirando, pondo e tirando, mas... eis que da última vez que pousa na cabeça ele começa a apertar, assim machuca, assim não é bom, tenta-se tirá-lo, e agora ele não sai... tenta-se de novo, puxa-se daqui e dali, experimenta-se um golpe mais forte, um arranco súbito, um tranco... nada, não sai, grudou como cola, está firme como cal no muro, fixo como o pescoço do outro lado da cabeça, e o pior é que aperta e comprime, não é mais objeto de diversão e de prazeres, é instrumento de flagelo, tanto mais impiedoso quanto, num puxão mais forte, desesperada tentativa de fazê-lo ceder, ouve-se um rangido, como de porta mal azeitada, mas não é porta, é o rangido da pele que começa a rasgar, a pele querendo vir junto, o horror entre todos horroroso de um escalpo, o perigo de um destampamento, do desgarre de um cocoruto mais apegado ao chapéu que ao resto da cabeça, e a ameaça medonha de ficarem os miolos a descoberto. Horror, horror....

Acordou. Sobressalto, suor, coração batendo forte. Aos poucos foi voltando a si. Alívio.

Era a primeira noite de Adolfo Lemoleme na Casa dos Quatro Ventos, e sem dúvida o cansaço da viagem, mais a estranheza de dormir num lugar diferente, contribuíram para o sonho mau. Ele olhou em volta, procurando na penumbra certificar-se da posição que ocupava em relação ao espaço pouco familiar do quarto em que se hospedava. Foi quando... De novo o ruído de um rangido de porta — mas desta vez era a porta mesmo, que se movia lentamente. Que está acontecendo comigo? Que está acontecendo neste lugar? A claridade que vinha do corredor era pouca, mas suficiente para discernir um vulto de homem, "Ber...", balbuciou Lemoleme, mas não teve tempo de completar a palavra. A porta se fechou.

Que horas seriam? Três? Quatro? Lemoleme não quis acender a luz para conferir no relógio. A claridade espantaria de vez o sono, e sua intenção era dormir de novo, por mais que a dose dupla de sonho mau seguido de um vulto na porta prenunciasse um resto de noite inevitavelmente indormido, dali para a frente. Deu sede e ele, tateando, procurou a garrafa de água na mesa-de-cabeceira. Tentou sossegar. Pensou no sonho. Pensou no rangido da porta e no vulto. Será que o vulto na porta também não passara de um sonho? Tinha certeza que não. Ou melhor: não estava em condições de ter certeza de nada. Esticou o braço, apanhou o copo e tomou novo gole de água. Se não foi sonho, do que quase tinha certeza, então alguém invadira seu quarto? Talvez fosse engano. Esta casa tem vários quartos. Alguém errara de porta. Mas quem? Havia três pessoas na casa, ele, Veridiana Bellini e dona Gina. Ele era o único homem, e o vulto era de homem. Também não podia ser o caseiro, que habitava uma construção anexa. O caseiro era pequeno, e o vulto era alto, de ombros largos. Ombros largos como... como... "Ber...?"

Já havia quase uma década que Adolfo Lemoleme, professor de literatura na Universidade de Luzia B, estava envolvido em empreitada de hercúleas proporções: escrever a biografia do escritor Bernardo Dopolobo, o grande nome de seu tempo, aclamado pela crítica e querido pelo público, autor de obra extensa e original. Lemoleme mergulhou de cabeça naquele que elegera o trabalho de sua vida. Não era apenas questão de produzir a biografia definitiva do grande escritor. Não demorou para vislumbrar que tinha nas mãos a oportunidade de produzir a mais abrangente e profunda biografia já feita no idioma, em qualquer tempo. Seu biografado era mais do que talhado para o desafio, com sua vida de viagens e amores sortidos, momentos de glória e de infortúnios, e sua obra traduzida em múltiplas línguas, multiforme nos temas e nos gêneros e uniforme na qualidade. Um primeiro volume já fora publicado, grosso, substancioso, e ele agora trabalhava no segundo. Quando saiu o primeiro, o próprio Bernardo Dopolobo espantou-se. "Como você ficou sabendo disso tudo?"

Havia no livro muito, muito mais do que o material cedido, em entrevistas e documentos, pelo próprio biografado. Lemoleme revelara-se um prodigioso escarafunchador da trajetória do biografado. Num trabalho miúdo e paciente, pusera-se ao encalço de virtualmente todas as pessoas que, envolvidas com ele de uma forma ou de outra, nas várias fases de sua vida, teriam testemunhos a oferecer. Se descobria que este ou aquele já morrera, procurava o cônjuge ou os filhos. Talvez guardassem algum documento, alguma carta, um fiapo de lembrança conservada na tradição oral da família. Refez as viagens do biografado, com o cuidado de levá-las a cabo na mesma estação do ano, sempre que possível usando os mesmos meios de transporte, e recorrendo às mesmas hospedarias. Fincou-se no propósito de não deixar escapar nada que fosse relevante, e desde logo foi tomado pela convicção de que tudo era relevante.

Maldormido, com uma feição que, no espelho, lhe pareceu ainda sob o efeito dos horrores do sonho, Lemoleme dirigiu-se à cozinha. Abriu a geladeira, apanhou o jarro de suco de laranja. Seis horas. A Casa dos Quatro Ventos situava-se na montanha, em lugar isolado. Era cercada de florestas e desfrutava do privilégio de ter vista para um lago de águas translúcidas, no qual nadavam patos, cisnes e marrecos. Bernardo Dopolobo escolhera o local para seu refúgio, nestes últimos anos. Lemoleme ali já estivera fazia um par de anos, e fazia tempo manifestara o desejo de voltar. Precisava conhecê-la bem. Queria familiarizar-se com o ambiente em que o biografado se isolava nas fases em que o trabalho exigia rigorosa concentração e dedicação exclusiva. Lemoleme sorvia o suco de laranja enquanto olhava, na parede oposta à geladeira, um cartaz anunciando *A Prometida do Tornado*, peça de teatro de Bernardo Dopolobo. O cartaz era ilustrado por uma cândida Jurema Melo, a quem coubera, nessa montagem, o papel principal. Um véu de noiva caía-lhe pelos ombros, o olhar perdia-se num distante horizonte. "Como ela era bonita", pensou.

Bernardo Dopolobo, que nos últimos tempos já não demonstrava a atenção de antes para com o biógrafo, demorou para atender-lhe o pedido de voltar à Casa dos Quatro

Ventos. Quando enfim assentiu, "Nos feriados da Independência, a casa estará à sua disposição", informou ao mesmo tempo que ele próprio não estaria presente. No entanto estaria Veridiana Bellini, "e desse jeito pode ser mais proveitoso ainda para você". Veridiana era a mulher, muitos anos mais jovem, de Bernardo Dopolobo. " Você terá oportunidade de conversar com ela à vontade." O biógrafo gostou de saber que ela iria. Veridiana tinha cabelos lisos e negros que lhe chegavam aos ombros, olhos verdes, mancava de uma perna e, com ele, nas poucas vezes em que se encontraram, mostrara-se esquiva. Lemoleme nunca conseguira arrancar dela o depoimento que desejava, e que julgava essencial, para a biografia. Uns dias de convivência no campo poderiam ajudar a quebrar o gelo. Também iria a mãe de Veridiana, dona Gina.

Lemoleme saiu ao jardim, pôs-se a escutar o canto dos pássaros e deixou-se extasiar pelo sol que a cada minuto ganhava terreno sobre o lago, as montanhas, as árvores, os caminhos ao longe. O dia amanhecia bonito demais para continuar a deixar-se assustar com os sonhos e os vultos da madrugada. Ainda assim, ao cruzar com o caseiro, perguntou: "Chegou alguém aqui ontem à noite, seu João Horácio?" O caseiro atrelava a carruagem, um legítimo fiacre do segundo quarto do século XIX, extravagância que Bernardo Dopolobo adquirira de um antiquário belga, fizera transportar a grandes penas e cultivava, segundo dizia, "em homenagem a madame Bovary". "Que eu saiba ninguém, não senhor", respondeu João Horácio. "Nem o patrão?", insistiu Lemoleme, passando os dedos sobre a moldura esmaltada da porta do veículo e admirando seu bom estado. "Está uma beleza, não está?", perguntou o caseiro, com o ar orgulhoso de quem devotava o melhor de seus cuidados àquele xodó do patrão, causa de tanto assombro na vizinhança. "Nem Bernardo esteve aqui?", perguntou de novo Lemoleme. "Não senhor", respondeu o caseiro, agora puxando o cavalo, um combalido rocinante, sem dúvida indigno do magnífico veículo, emprestado de um sítio vizinho quando era o caso de pôr o fiacre em atividade. "Dona Veridiana quer dar um passeio em volta do lago esta manhã", informou. "Por isso, fui buscar o cavalo."

Quando Lemoleme voltou à casa encontrou, ao entrar pela porta da cozinha, uma panela no fogo, fervendo a água do café, e dona Gina ao telefone. "Atenção para o ponto da massa", ela dizia. "Isso é o principal." Ao deparar com Lemoleme, apontou para o fogão e fez-lhe sinal para apagar o fogo. Depois continuou: "Você foi ao mercado? Quanto comprou de salmão? Tudo isso!? É muito. Um desperdício. Ponha metade para congelar. Ah, os patos sim precisam ser desossados e desfiados. Não, carneiro não. Da última vez, você se lembra? Não confio mais. Sim, filé mignon, vitela... Não, de maneira alguma. Tente páprica. Então está bem, Palmério. Voltamos a falar na hora do almoço. Quero saber como andará o movimento. E, a qualquer momento, você sabe onde me encontrar."

Dona Gina Bellini afastava-se, mas jamais se desligava de seu concorrido restaurante. "Não adianta", disse a Lemoleme, ao desligar o telefone. "Se a gente não fica em cima..." E depois: "Bom dia, professor. Dormiu bem?" "Sempre ouvi dizer que o segredo dos bons restaurantes é a vigilância do dono", disse Lemoleme. "Não se pode relaxar um minuto", concordou a respeitada "dama dos risotos", ou "imperatriz dos raviólis", para citar alguns dos títulos que fizera por merecer nas colunas de gastronomia. "A senhora pelo menos tem a ajuda de Veridiana." "Sim, ela me ajuda", disse dona Gina, "mas dorme, não vê? Dorme até tarde." Veridiana ainda dormia. "Quem dorme não cuida desssa parte das compras. Mesmo se ela pudesse se dedicar de tempo integral ao restaurante, esta parte não faria. Ah, não faria. Pois se ela dorme até tarde..."

Dona Gina era tão expansiva quanto a filha era contida. Falava a Lemoleme como se se tratasse de amizade da vida inteira, e não alguém com quem até então não tivera senão escassos e breves encontros anteriores. Na noite da véspera, haviam mantido uma conversa mais prolongada, quando, terminado o jantar, se deixaram ficar à mesa. Veridiana pedira licença para se recolher. Dona Gina, a instâncias do interlocutor, se pusera a repassar os pontos mais marcantes de sua vida, inclusive o baque sofrido com a morte do marido, quando a filha era ainda pequena, e da necessidade de então assumir o restaurante, o negócio inteiro, e não só a cozinha, como até então, ela que nem assinar um cheque sabia, e de como se saíra bem do desafio, conduzindo o estabelecimento, "sem desrespeito a meu defunto marido," que certamente disso teria muito orgulho, a alturas antes desconhecidas. Para tanto, em sua opinião, valera-lhe o temperamento, "falo com os clientes, faço amizades, o freqüentador de um restaurante gosta de ser reconhecido e chamado pelo nome, meu marido não fazia isso, confinava-se ao caixa, era o jeito dele". Também discorrera sobre a luta que fora criar a filha sozinha, ainda mais uma criança com problema físico, no que tivera igual sucesso, a ponto de a filha se ter formado entre as melhores da turma, "nem preciso dizer mais, você sabe que jóia de inteligência e capacidade ela é". Dona Gina brincava com a colherzinha do café, mergulhando-a na xícara como se ainda houvesse algo ali dentro. "Médica", disse. "Nunca imaginei ter uma filha médica. Tenho muito orgulho."

Ela se preocupara quando a filha começou a sair com Bernardo Dopolobo. "A diferença de idade, sabe... Você não se preocuparia?" Lemoleme disse que não. "Pelo contrário, me sentiria honrado." "Claro, para você ele é como um deus, não é? Do contrário, não escreveria um livro tão grosso sobre ele." Lemoleme respondeu que muita gente já escreveu livros grossos sobre pessoas de que não gostavam, como fanáticos religiosos, cientistas loucos, infames tiranos. "Desculpe, sou ignorante, ainda não li seu livro", disse dona Gina. "Nem sei se o lerei — um livro daquele tamanho! Não sou como minha filha. Ela lê muito desde pequena. Também não li todos os livros de Bernardo. Não tinha lido nada, antes de começar o namoro com Veridiana. Então fiz um esforço. Não li tudo, mas o que li foi suficiente para perceber que grande escritor que ele é. A vida, ai a vida! Nunca imaginei, minha filha com um homem tão importante e tão famoso."

Agora, na mesa do café da manhã, dona Gina contemplava o cartaz de A *Prometida do Tornado* e perguntava a Lemoleme: "Esta é a história do casal que se tranca no quarto e vê um balão na janela, não é?" "Não, isso é *Sexo É para Desocupados*", corrigiu Lemoleme. "Que história é esta então?" Lemoleme resumiu-lhe a trama da peça, de tanto sucesso que nunca deixou de ser encenada, em diferentes lugares e por diferentes companhias, tantos anos depois da estréia. "É a história da festa de casamento armada ao ar livre, num país distante, em que os convidados seriam recebidos em tendas armadas sobre grossas estacas." "Já sei. É a história da noiva que some pelos ares", antecipou-se dona Gina. "A senhora já viu a peça?" "Não, mas Veridiana já me contou. Muito triste, muito angustiante."

O dia era radioso, ideal como poucos para um casamento ao ar livre, e assim foi durante as primeiras horas, em que as famílias, os noivos e os convidados festejaram com a característica simplicidade de seu povo, brindaram do jeito entusiástico que se brindava entre eles, e dançaram as danças alegres da região. De repente, nuvens negras despontaram no horizonte, o ar tornou-se pesado, e em questão de minutos, sem dar tempo para fugir, um funil de ventos alucinados formou-se sobre a área. Os descontrolados elementos abateram-se tão sem dó sobre aquela singela celebração que não só arrancaram do lugar as mesas e cadeiras, não só estraçalharam os pratos e os copos, nem se contentaram em obrigar as pessoas a deitar no chão e agarrarem-se umas às outras, como também arrancaram do solo as grossas estacas que sustentavam a barraca sob a qual se armara o banquete, e com tal vigor que, ao ser devolvidas à terra, elas vinham como mísseis, que abriam no solo profundas crateras. Mas o pior, como adiantou dona Gina, é que também a noiva foi sugada para o alto, levada pelos ventos ensandecidos, como se tirada para dançar pelo misterioso invasor de sua festa de casamento, o alvo vestido tragado pela fúria dos alucinados rodopios e, ao contrário das estacas, levada para não mais voltar, para desolação dos convidados, infelicidade da família, desespero do noivo e assombro geral. O tornado se adiantara ao noivo, na corrida para possuí-la. Aquele país nunca mais foi o mesmo.

"Eu vejo nessa história uma espécie de castigo contra esse país", disse dona Gina, entre um gole e outro de café com leite. "Eles devem ter cometido algum pecado." "É uma interpretação possível", disse Lemoleme, enquanto passava manteiga no pão. Na peça de Bernardo Dopolobo, aquele país, tomado agora de medo e insegurança, passa a viver inteiro em função e na crença de uma espera — a espera da volta da noiva. Ela, a pura e imaculada noivinha, lhes fora arrancada pelos deuses das tempestades — assim pensavam, e até edificaram uma religião sobre essa crença. Só seu retorno lhes devolveria a paz e a harmonia. "Há também quem veja semelhança com uma lenda portuguesa do sumiço de um rei", disse Lemoleme. "Lá vem ela", cortou alegremente dona Gina, ao ouvir passos que se aproximavam. "Acordou finalmente, a dorminhoca."

Lemoleme foi tomado da sensação — devia ser o cansaço, ou então a sugestão de noivas que voavam — de que dona Gina levitava, quando ela se levantou e foi ao encontro da filha. A cada passo, ela parecia descolar do chão, e avançar perigosamente em direção do teto rebaixado da cozinha. "Que você vai querer, filha? Iogurte ou café com leite? Quer que eu esquente o pão? Uma fruta antes? Aquele queijo que compramos na estrada?" "Calma, mamãe, mal acordei", disse a filha, num tom ríspido. Veridiana, que tinha uma perna mais curta que a outra, fincava pesadamente os pés no chão. Se a mãe levitava, ela, ao contrário, ancorava-se firme no chão. "Não repare", disse dona Gina a Lemoleme, "desde pequena, ela acorda de mau humor". "E quem disse que estou de mau humor", disse Veridiana, sentando-se à mesa.

Ela disse bom-dia a Lemoleme e afastou o olhar. Não se sentia à vontade com ele. Ainda mais que era um biógrafo que nunca relaxava dessa condição, um biógrafo de tempo integral, sempre querendo saber coisas de Bernardo. Ela temia ser indiscreta e punha-se em guarda. A prevenção aumentara depois que, na esteira do sucesso do primeiro volume da biografia, ela identificava nele uma crescente e irritante confiança em si mesmo. Antes era mais humilde. Lemoleme encarou-a como quem queria saber alguma coisa. "Pronto", pensou ela, "lá vem ele com suas perguntas..." "Veridiana", disse ele, "Bernardo está em casa?" "O quê!?", espantou-se ela. "Claro que não." "Engraçado", retomou Lemoleme, "ouvi uns passos no corredor, esta noite. Pensei que fosse ele." "Ele está longe, você sabe", disse ela. "Até imaginei tê-lo visto entrar no meu quarto." "Você disse bem: imaginou." "E ninguém mais esteve na casa, durante a noite?" "Ora, claro que não." "Talvez tenha sido sonho", disse Lemoleme. "Sem dúvida, você sonhou."

II

— Traga camiseta, calção e tênis.

Excentricidades do artista, pensou Lemoleme. Isso ocorreu no começo desta história, antes de ele conhecer pessoalmente Bernardo Dopolobo. Lemoleme, jovem professor e estudioso da literatura, um dia venceu a timidez e a relutância que o imobilizavam e enviou uma carta ao escritor, expondo a intenção de escrever-lhe a biografia.

Foi preciso coragem porque, como em todo projeto que se acalenta com demasiado entusiasmo, e neste caso falar de entusiasmo não exprime a verdadeira extensão do sentimento em jogo — tratava-se mesmo de paixão —, o medo de fracassar, ou de ser rejeitado, destilava seu venenoso poder inibidor. É como quando se ama tão ardentemente uma mulher, mas tão ardentemente, que se tem medo de declarar-lhe o amor. E se ela não aceitar? E se não me quiser? Melhor ir adiando o momento fatal de pôr às claras o sentimento que até agora se conservou embutido. Melhor a indefinição, que não destrói a esperança, do que a recusa, a negativa terminante, que conduz às funduras da decepção e do desalento.

O tímido, inexperiente Lemoleme queria tanto que não queria, tanto desejava buscar um contato com o autor que elegera como modelo impecável e perfeito mágico das letras, que tremia de medo. Na interminável ruminação que devotava ao problema, ele próprio levantava argumentos em seu desfavor. Para que mesmo quero fazer a biografia?, perguntava-se. O que vale num artista é a obra, este fruto perfeito e acabado em que os verdadeiros criadores encerram seu legado. Que têm a acrescentar a ela esse rosário de incidentes casuais a que chamamos vida, essa coleção de miudezas factuais como data e local de nascimento, condição dos pais, amores, alegrias, tristezas, o dia do casamento ou divórcio, as viagens, as influências, os cansaços e as doenças? Na obra, o artista se consome e se esgota. A vida... ora, a vida... A vida, num artista mais do que no comum das pessoas, não representa senão a escumalha de uns dias se sucedendo aos outros, tão monótona e sem significação quanto a maré batendo nas pedras.

Não, respondia a si mesmo Lemoleme. Tão importante quanto a obra, para conhecimento pleno de um artista, é entender-lhe a vida. A vida preenche as lacunas deixadas nos interstícios da obra. Não se conheceria Dostoievski, ou dele se ficaria com um conhecimento incompleto, se não se soubesse que perdeu a mãe aos 15 anos e teve o pai assassinado aos 17, que a epilepsia lhe sombreava os passos como as asas negras de uma ave malsã, e que, condenado à morte, chegou a ser alinhado diante do pelotão de fuzilamento, até ser salvo à última hora. Dostoievski é muito mais dostoievskiano que Raskolnikov ou que Ivan Karamazov. Caso se queira verdadeiramente conhecer Dostoievski, fruí-lo, exaltar-se, elevar-se e se desgraçar com ele, é fundamental conhecer-lhe a vida, o tíquete de entrada a este espetáculo dostoievskiano por excelência que é a luta entre Deus e o demônio.

Quando a discussão se tornava mais aguda, intervinha o, digamos, orientador do jovem candidato a biógrafo, o professor Franz Albert Spielverderber, cuja redonda face bonachona, emoldurada por desalinhados tufos laterais de cabelo e encimada por uma calva chata e avermelhada, era desmentida pela cortante firmeza com que defendia seus pontos de vista. "Escrever uma biografia", argumentava o professor Spielverderber, para desalento do discípulo, "equivale a tentar cultivar uma horta no deserto. Como reproduzir, na letra fria dos parágrafos, os impulsos, as emoções, as tensões, as esperanças e os medos que constituem o estofo de uma existência? Não há como duplicar um ser humano. Não há como fazê-lo retomar, na planura cerebrina do papel, o que viveu a ferro e fogo, na montanha-russa dos dias. Não há, em conseqüência, como lhe ser fiel. Toda biografia é uma fraude."

Lemoleme assustava-se com a contundência do interlocutor, mas nem por isso deixava de lhe opor uma resposta. "Se não há vida que possa ser reproduzida no papel", dizia, "toda a literatura está invalidada. Mas nela há, sim, seres que pulsam como se de carne e osso. Na literatura — na boa literatura, quero dizer — ouso pensar que há criaturas ainda mais vivas, ainda mais carregadas do conjunto de elementos a que chamamos "o humano" do que os seres humanos propriamente ditos, desses de carne e osso, que pululam no nosso dia-a-dia. Pense em Shakespeare. Pense em Hamlet."

"Ah, isso não vale", replicava o orientador, com uma veemência que lhe ruborizava as bochechas flácidas. "Você está recorrendo à ficção. Na ficção inventa-se. E um bom ficcionista pode sim inventar um ser humano mais humano que os humanos de verdade. Aliás, é seu dever fazê-lo. Não fosse a literatura, não teríamos noção do que é isso de humano, de humanidade. Foi a literatura, de Homero a Proust, que os inventou. Ocorre que estamos falando de biografia. Na biografia é proibido criar. Considere este trecho" — e o professor Spielverderber abria ao acaso um volume da estante: "'Mil pensamentos passaram naquele momento pela mente de Leonardo. Mentira? Não, ele não podia estar mentindo. Uma dor aguda tomou-lhe então o joelho direito, a ponto de ele cambalear. Que era aquilo? Ciúme, inveja, sedução? Cabia tudo na cabeça do jovem e confuso tenente.' Isto é literatura. Estou citando, como você bem sabe, um parágrafo de *Sal a Gosto*, um conto de seu querido, aliás, nosso querido, Bernardo Dopolobo. Em poucas palavras, ele nos dá conta do que pensava e do que sentia o personagem, e contribui assim para lhe dar nervos. Numa biografia, não lhe é permitido escrever trecho semelhante. Não pode penetrar na cabeça do biografado para registrar-lhe os pensamentos ou as sensações, diante de determinada situação. Nem ele próprio sabe. Se soube um dia, esqueceu. Ao escrever uma biografia, você está preso à armadilha do real. Não conta com a maravilhosa liberdade que é o apanágio dos deuses e dos artistas criadores. Nas biografias, de duas uma — ou se faz um registro cartorial dos incidentes da vida do biografado, e o estilo resultará tão atraente quanto o dos currículos que se enviam às agências de emprego, ou se tenta insuflar vida ao personagem, o que significa bater no muro instransponível dos objetivos inatingíveis."

Lemoleme olhava com ar de quem dizia: "Isso eu sei como responder." "Em contrapartida", dizia, "a biografia tem o mérito de lidar com o material mais que precioso da verdade." "Verdade?", ria-se o professor Spielverderber, apertando os olhos pequenos. "Eu poderia reagir como Pilatos: 'Que é a verdade?' Mas eu sei, sim, eu sei, o que é a verdade. Não há lugar em que ela ressalte mais soberana e triunfal que do amontoado de mentiras que é uma obra de ficção. Verdade é o que Balzac descobriu, acerca do comportamento humano, com suas invencionices sem fim. Mas eu tenho mais um argumento, contra essa sua louca intenção de escrever uma biografia. É um argumento moral, o argumento da compaixão que deve reger as relações humanas. Você, se levar adiante seu projeto, estará cometendo uma indiscrição e uma violência."

Indiscrição? Violência? Lemoleme desconcertava-se.

"É, sim senhor, um ato de indiscrição, de vil indiscrição, procurar o homem atrás da obra, que é o objeto de toda biografia. O pobre está assentado e bem assentado por trás de sua figura pública, intocável e invicto às miudezas, rabujices e fraquezas, algumas eventualmente vergonhosas, do ser humano, e vem alguém — o alguém a que me refiro é essa figura perniciosa, diria mesmo pervertida, do biógrafo — e tenta arrastá-lo para o lamaçal sem glória da vida comum. Não é jeito de tratar alguém que se distinguiu da multidão, que se sobressaiu do comum da raça graças a seu esforço e superior talento, acercar-se dele com a intenção de empurrá-lo de volta à pequeneza das ações e eventos ordinários em que se constitui a vida."

"Ah, não", reagia Lemoleme com vigor. "Trazer o artista, o grande homem, de volta à banalidade da vida não é de modo algum apequená-lo. Não é algo que lhe tira valor, mas que, ao contrário, lhe acrescenta. Pense em Michelangelo provendo-se no mercado de peixes de Florença para a refeição do dia, ou em Einstein ocupado em ajudar a sobrinha na lição de matemática. São momentos em que as reações de homem comum, tão como os outros homens, não fazem senão ressaltar a evidência de que se trata de homens superiormente incomuns."

"Concedo que aí você tem um ponto", dizia o orientador, para surpresa do discípulo, num raro ataque de humildade. "Sobra a violência. Esta consiste em querer que o escritor fale de sua obra, que é inevitavelmente o que você vai fazer, ao procurá-lo. Não há crueldade maior. Quando um criador é atraído ao equívoco de falar de sua criação, de duas uma — ou o que ele tem a dizer, de viva voz, por imposição da vulgaridade da linguagem oral, empobrece o que enfeixou na obra, ou, ao contrário, o enriquece, no caso de revelar uma presença de espírito e capacidade de improvisação que os labores beneditinos da construção artística inibiram. As duas hipóteses são não apenas indesejáveis, mas destrutivas."

"Ora", argumentava Lemoleme, não necessariamente vou pedir-lhe que fale de sua obra. "Aliás, é o que menos me interessa. A obra fala por si." "Errado", voltava o professor Spielverderber. "O escritor está sempre a falar de sua obra. No sono ou na vigília, no trabalho ou no descanso, na calma ou na aflição, na alegria ou na tristeza, na pressa das obrigações ou no vagar dos lazeres, ele não deixa nunca de fazê-lo. Mesmo quando fala de outra coisa, é dela que fala. Ou, para ser mais claro: ele *é* a obra. Não haveria como aproximar-se de Dante sem a consciência imperiosa, esmagadora e determinante de tudo, de que se tratava do autor da *Comédia*. A pele e os ossos, o jeito de andar e de sentar, a voz, o olhar e o sorriso se confundem com o sortilégio da *terza rima*, nele se imbricam e nele se dissolvem. O escritor é o texto, assim como o compositor é a música, daí resultando que a única comunicação possível é com a arte que produzem.

Qualquer contato com Beethoven que não seja pelas sinfonias, pelas sonatas ou pelos quartetos, é ruinoso."

Quando se tratava de questões mais ligadas às emoções e ao afeto, Lemoleme recorria a outro interlocutor — o doutor Carlos Nochebuena, seu, digamos, analista. No divã coberto de um pano verde claro, salpicado de pequenas estrelinhas brancas, mais parecendo a cortina de um vidente do que a manta protetora de um cientista da alma, o candidato a biógrafo comprazia-se em especular sobre os possíveis danos inerentes a iniciar um relacionamento pessoal com o escritor que se admira. "Muda tudo", dizia, "iniciar um intercâmbio de carne e osso com alguém com quem até agora a comunicação se deu pela exclusiva via da leitura. Subverte-se a relação, tão particular, tão íntima e tão cara, que se tem com o texto, feita de silêncio e de imaginação." "Se é assim", replicava o doutor Nochebuena, "por que procurar o autor? Por que não lhe escrever a biografia dispensando a colaboração pessoal?" "Ah, não", reagia Lemoleme. "A originalidade de meu projeto está justamente em escrever a biografia de um consagrado escritor enquanto ele está ainda vivo, e pode contribuir com seu insubstituível testemunho."

O doutor Nochebuena era magro, tinha nariz grande e raramente sorria. Mas, assim como o professor Spielverderber, sob a capa de um bonachão, revelava-se duro como um verdugo, assim também o doutor Nochebuena, sob os traços rígidos, escondia o coração de um anjo. Sua outra paixão, além da psicanálise, era a ópera italiana. Tomava aulas de canto, na intenção de levar aos limites as possibilidades de sua bonita voz de barítono.

Com o psicanalista, Lemoleme procurava reelaborar certos conceitos ouvidos do professor Spielverderber, em busca de uma palavra que, sendo mais amiga, os desmentisse. "Estarei eu sendo cruel? Minha intenção de escrever a biografia de Bernardo Dopolobo esconderia algum tipo de violência contra meu escritor predileto?" "Mas por que seria assim?", perguntava de volta o psicanalista. "Você não estaria sendo rigoroso demais consigo mesmo? Isso não esconderia secretas inclinações ao desprezo de si mesmo e à autoflagelação?"

Lemoleme esmerava-se, para expressar seus temores, em produzir um raciocínio digno do orientador. "O artista", justificava, "é um ser que se põe acima de si para produzir um legado — o texto, a música, o quadro. Ele conseguiu transcender-se a si mesmo, e nisso perpetrou um sacrifício — o de sua natureza primeva, aquela que o identifica como pessoa comum, homem-como-os-outros-homens —, para dar lugar a uma segunda natureza, a do artista — uma segunda pele, recoberto pela qual doravante será visto inevitavelmente. A tentativa de juntar, ao autor dos contos, novelas e peças de teatro, a pessoa do escritor, esconde algo de indecente. Bernardo Dopolobo é sua obra. Nessa segunda pele, apresenta-se sem as aparas da primeira, desvestido das imperfeições mais grosseiras. Para consegui-lo, empenhou uma vida inteira. O custo foi alto. Custou-lhe a façanha incomparável de sobrepor-se a si mesmo. E agora venho eu e me candidato à empreitada inversa, a de submetê-lo à ignomínia da desconstrução do laborioso arcabouço que foi sua razão de viver. Estou me propondo a uma devassa, essa é a palavra. Devassa. E devassa — é irresistível se deixar conduzir pelo parentesco entre as palavras — é o instrumento que abre as portas para a devassidão. Minha pretensão, ao fim e ao cabo, tem algo do atrevimento de querer provar do fruto proibido."

"Eis aí o resultado de seu flerte insistente com o sofrimento e a culpa", intervinha o psicanalista. "Devassa? Devassidão? Fruto proibido? A religião do terror em que o educaram tem aí sua vitória. Ademais, essa sua concepção de artista trai a doença do romantismo. Romanesco, meu jovem, você é um romanesco", e o doutor Nochebuena levantava-se da poltrona, sinal de que a sessão estava encerrada. Lemoleme ia embora com a palavra "romanesco" soando nos ouvidos. O doutor Nochebuena fechava a porta balançando a cabeça. Quando dizia "romanesco", não era com a intenção de censura, mas antes com terna admiração pelos ardores da juventude, especialmente os jovens devotados à arte, e arrebatados por ela, como outros se deixam arrebatar pela religião ou pelas ideologias. "Eis um jovem inebriado pela mística das artes, e subjugado pelo mito do artista", pensava o bom discípulo de Freud.

Esclareça-se que nem o professor Spielverderber nem o doutor Nochebuena tinham existência real. Viviam ambos apenas na mente de Lemoleme, que para melhor encaminhar os argumentos e contra-argumentos em que se debatia sua pobre dialética julgou por bem inventar porta-vozes que os expressassem. Tão a fundo levou o truque que acabou por emprestar aos personagens de sua criação aparência física, personalidade e gostos pessoais. De resto, pagar psicanalista ele não poderia jamais, com os escassos recursos que o obrigavam a viver num quarto de pensão. E, quanto a ter um orientador, ele não admitiria outro senão o próprio Bernardo Dopolobo, em cuja pessoa identificava a um tempo o ideal de artista, o modelo de homem e o mestre. De toda forma, ele se dispunha a ir ao fundo do poço, e na sessão seguinte com o doutor Nochebuena não se furtava em perguntar: "Abrigarei eu a intenção de devorar Bernardo Dopolobo? Serei eu movido pelo impulso canibal de injetar Bernardo Dopolobo goela adentro, da mesma forma que os selvagens comiam os inimigos corajosos para incorporar-lhes a bravura?" Diante de tão grave e desconcertante questão, ao doutor Nochebuena só restava o recurso de, atônito, calar-se.

Mas, afinal...

Afinal, o sonho venceu o medo. A paixão aniquilou as objeções, verdadeiras ou supostas, surgidas do debate contínuo que se travava em sua mente. A idéia de fazer a biografia do sublime autor era forte demais para se opor a ela. No fundo, fazia tempo que a tinha elegido como tarefa inevitável. Impôs-se, mais forte do que as dúvidas e a timidez, a convicção de que tinha ali um tema forte, para o qual estava preparado como poucos, e que, se bem-sucedido, o elevaria, ele também — por que não desejá-lo? — ao sucesso na literatura, o irrenunciável campo de sua eleição.

Lemoleme sonhara desde cedo em ser escritor. Teria 13 ou 14 anos quando perpetrou os primeiros poemas e contos. Já estava tomado, por essa época, da suspeita de que, sem literatura, a vida não valia a pena. A descoberta da obra de Bernardo Dopolobo, pouco depois, transformou a suspeita em convicção. A primeira criação do consagrado escritor que lhe caiu nas mãos foi a novela *Mi havas bonajn amikojn*, de que sem dúvida se lembrarão os leitores, quando menos pelo rumoroso caso da denúncia formulada pelo autor contra a adaptação cinematográfica, que, para não ferir os escrúpulos, supostos ou verdadeiros, do público, subtraiu da obra seus tons mais contundentes.

Mi havas bonajn amikojn narra as desventuras de um farmacêutico sexagenário cuja única companhia era o cão *poodle* que levava para passear todos os dias, às seis e meia da tarde, quando fechava as portas da farmácia, e cujas noites diligentes eram gastas no estudo do esperanto. Uma dessas noites, enquanto estudava, em sua surrada gramática, o verbo equivalente a "ter" (*mi havas, vi havas, si havas, ili havas*) e, tal como propunha a lição, acabara de compor com ele uma frase (*Mi havas bonajn amikojn*, ou "tenho bons amigos"), batem-lhe à porta. Eram os agentes da Patrulha dos Nomes e das Aparências, que começam por pedir-lhe que se identificasse, e quando ele diz chamar-se Eduardo, observam, severos: "O senhor não sabe que ninguém pode se chamar Eduardo?" "Não sabia..." "Ah, não sabia?", retruca com sarcasmo um dos agentes. O farmacêutico tenta argumentar que não foi ele, e sim seus pais, que lhe deram esse nome. "Isso não importa. Se o senhor, distraído como parece ser, não leu o decreto 23458/mb, fique sabendo que esse nome que o senhor diz portar foi banido, e isso não é de hoje." "Mas eu me chamo Eduardo há tanto tempo..." "Desculpe, senhor", diz o agente, com rispidez, "mas o decreto não prevê ressalva por direitos adquiridos pelo prolongado uso, ou por qualquer outra razão." "Mas, então, como devo chamar-me?" "Isso o senhor vai resolver na delegacia."

Para resumir a história, Eduardo, ou o homem que julgava poder se chamar Eduardo, é conduzido a uma série de interrogatórios, durante os quais lhe apontam, caso por caso, época por época — e Bernardo Dopolobo, com provocante mistura de irrisão e piedade, faz desfilar a vida do personagem numa sucessão de quadros — o erro contínuo e irremediável que foi sua vida, pois quem ostenta nome errado não pode acertar em mais nada. Com recurso a gráficos e projeções de slides, expõem-lhe, em contrapartida, como tudo lhe seria diferente, mais favorável e mais gratificante, se se chamasse Afonso. "Mas agora é tarde, infelizmente, e Afonso o senhor não se chamará jamais", sentencia o interrogador-chefe. O farmacêutico, ao cabo de seis meses de detenção, é enfim liberado para voltar para casa. Foi saudado com entusiasmo pelo cãozinho, que corria, pulava sobre o dono, tornava a correr, latia e gania, na tentativa de em poucos minutos matar toda a saudade que acumulara no peito. O farmacêutico agora se chamava Genésio, mas ao retomar, com o prazer de antes, o estudo do esperanto, constatou, com alívio e gratidão, que essencialmente continuava o mesmo. Estava feliz. Sentou-se à mesa e retomou a lição onde a deixara: *"Mi havas bonajn amikojn."*

Para Lemoleme, foi um alumbramento. Eis um escritor que dizia as coisas que queria ouvir, da forma como queria ouvir. Mergulhou no restante da obra de Bernardo Dopolobo com avidez. Ela lhe proporcionava valiosas descobertas, e lhe trazia o mundo passado a limpo, filtrado com competência superior pelas lentes da arte e da sabedoria. Também se apaixonou pelo estilo de vida do autor. Longe de enfurnar-se em gabinetes ou bibliotecas, Bernardo Dopolobo era um escritor amante da vida ao ar livre, cultor das aventuras e dos esportes. Longe de refugiar-se numa redoma, era homem aberto aos ventos do mundo e à inconstância dos amores. Tão diferente dele... Elegeu-o como o molde no qual gostaria de refazer-se.

Queria escrever como ele. Queria viver como ele. Será que conseguiria, um dia? As primeiras tentativas de criação literária o deixaram insatisfeito. Lemoleme era inteligente o suficiente, e suficientemente dotado de senso crítico, para não tardar a perceber que, pelo menos por enquanto, não conseguiria criar obra de ficção, poesia ou teatro — os gêneros a que propriamente se dá o nome de literatura — à altura do mestre. Criou o hábito de comparar-se a Bernardo Dopolobo, nas diversas fases da vida. "Com minha idade, ele já tinha escrito *Mi havas bonajn amikojn!*, surpreendeu-se, ao entrar na universidade. Ao graduar-se, deu-se conta de que com aquela idade Dopolobo obtivera reconhecimento nacional e internacional com seu primeiro grande sucesso no teatro — *O Elefante de Duas Trombas*. Não, sua imaginação não estava à altura da do mestre. Seus toscos exercícios, por mais que o quisesse imitar, passavam longe da magia de encantador de serpentes com que o mestre tecia suas narrartivas. Em compensação descobriu que tinha um caminho promissor na área do ensaio, da crítica e da história literária. Era respeitado pelos colegas e estimulado pelos professores. Os elogios e até o entusiasmo com que foram recebidos seus trabalhos deram-lhe a certeza de que essa era a via a seguir.

Os primeiros exercícios acadêmicos foram direcionados a outros autores e outras questões literárias. Mas Bernardo Dopolobo nunca lhe fugiu do espírito. O ardor juvenil que nutria por esse escritor não cedeu ao desencanto, na idade adulta, como tantas vezes ocorre. Pelo contrário, a maturidade proporcionou-lhe a descoberta de novas virtudes na obra de Dopolobo, que de resto consolidava, por seu lado, a posição de mais importante autor de seu tempo. A idéia da biografia brotou lá nas coxias do cérebro, trôpega, vacilante, e aos poucos firmou-se nas pernas, tomou corpo, e invadiu o procênio. Não havia mais como expulsá-la. Superada afinal a última dúvida e o último escrúpulo, escreveu ao escritor, expondo-lhe o plano e solicitando uma entrevista.

A resposta tardou uma infinidade. Teria a carta se extraviado? Deveria reenviá-la? O mais provável é que tivesse sim chegado ao destino. O mestre é que ou nem se teria dado ao trabalho de lê-la ou não a teria julgado merecedora de resposta. Os pensamentos vagavam nesse sentido, e provocavam, em torno desse tema, nova rodada de angustiosas sessões no consultório do doutor Nochebuena, quando Lemoleme recebeu carta da editora de Dopolobo. Em nome do escritor, pediam-lhe o número do telefone. Bernardo Dopolobo manifestara o interesse de entrar em contato com ele.

Demorou mais uma infinidade de tempo. O escritor se interessara para depois se desinteressar? Pensando bem, achara-o indigno da tarefa? Lemoleme incluíra, na carta, seu currículo acadêmico. Dopolobo o considerara insuficiente? Ou o vetara pelo próprio fato de se tratar de um acadêmico, espécime pelo qual o escritor parecia não morrer de amores? Ao aventar tais hipóteses, Lemoleme encolhia-se como criança no divã verde do psinalista.

Um dia, enfim, soou o telefone, e alguém que se identificou como "da parte do escritor Bernardo Dopolobo", perguntou se aquele era bem o número "do professor Adolfo Lemoleme". Era uma voz masculina, educada mas sem emoção, com certeza de um subalterno amestrado na arte de fazer-se impessoal, pensou Lemoleme. A voz pediu que aguardasse um momento. Ia passar a ligação para "o escritor Bernardo Dopolobo". Veio Dopolobo, e bem ao contrário, adotou um tom caloroso. Disse que apreciara a carta e a idéia da biografia. "Melhor assim, não?", comentou. "Melhor ter uma biografia elaborada em vida do que deixar a tarefa para os pósteros. Não que contenha menos mentiras, mas pelo menos posso denunciá-las." Riu, e acrescentou que precisavam conversar com vagar. Agora estava saindo em viagem. Quando voltasse, dali a 15 dias, telefonaria de novo, para marcarem uma data.

Passaram-se os 15 dias, depois mais 15 e mais 15. Que isso significaria, agora? Não fosse a determinação de Lemoleme em realizar a biografia, e sua convicção de que para tanto necessitava da colaboração, senão a cumplicidade, do biografado, e teria desistido. Seria o caso até de mandar uma carta desaforada, não fosse também a admiração pelo escritor. Enfim, numa manhã de sábado, o telefone soou e aquela mesma voz masculina de um profissional da impessoalidade perguntou se era da residência do professor, pediu que aguardasse e passou para "o escritor Bernardo Dopolobo". "Desculpe a demora em voltar a chamar", disse este, à guisa de um "bom-dia", ou "como vai". "Desculpe, mas foi de propósito." De propósito? "Sim, não é que algum compromisso me tivesse retardado, ou algum contratempo — eu tinha mesmo de fazê-lo esperar."

Lemoleme não atinava com o que ouvia. "Foi uma decisão estratégica", retomou Dopolobo. "Eu precisava testar sua paciência e sua resolução." Em seguida sugeriu que se encontrassem na terça-feira seguinte. O dia convinha a Lemoleme? "Ótimo. Aqui em casa, então, às dez." Dopolobo ia desligar quando acrescentou: "Ah, traga camiseta, calção e tênis." Como? Camiseta, calção e tênis? Lemoleme teria ouvido bem? "Sim, camiseta, calção e tênis", respondeu o escritor, com impaciência, como se fosse absurdo estranhar a inclusão de tais itens no equipamento necessário ao encontro.

III

Lemoleme sentia-se incomodado com a sacola que trazia à mão, contendo o equipamento esportivo solicitado. "Ridículo", pensava. Mal dormira à noite. O encontro em si já lhe causaria nervosismo; e ainda havia essa exigência de trazer tênis, calção e camiseta, como se se dirigisse a um clube. Ia enfim ver concretizado o tão alentado anseio de conhecer a pessoa que cultuava como outros cultuam um príncipe. Ia penetrar no templo sagrado de um ídolo. E trazia como credenciais um vulgar conjunto de itens esportivos que até precisou comprar para a ocasião, avesso que era às práticas que os requeriam. Na entrada do prédio, esperava-o uma jovem que, com um sorriso, perguntou: "Senhor Lemoleme, suponho?" O professor vinha distraído e assustou-se. Era uma linda jovem, de cabelos negros e olhos verdes. Assustou-se ainda mais, ao percebê-la tão bonita.

A jovem abriu-lhe a porta e determinou que a seguisse. No fundo do saguão havia um sofá e duas poltronas. "Por favor, acomode-se", ordenou a moça, apontando-lhe o sofá, enquanto ela própria sentava-se numa das poltronas. "Creio que o senhor Bernardo Dopolobo me espera", disse Lemoleme. "Sim, sem dúvida, mas antes vamos relaxar um pouco." A moça sorria com meiguice. Vestia um vestido azul, que lhe dava um ar travesso de colegial. Um longo brinco, de uma pedra azulada, e em forma de losango, caía-lhe de uma orelha, mas de uma só. A esquerda.

"Sobre o quê você gostaria de conversar?", perguntou a jovem. Lemoleme encarava-a com espanto. "Desculpe, senhorita...", começou. "Senhorita!?", reagiu a moça, e riu, tapando a boca com a mão. "Não devo chamá-la senhorita?", perguntou Lemoleme. "Não precisa ser tão formal", repondeu a moça. "Você é muito educado, educado demais", completou. "Desculpe", disse Lemoleme, "mas não quero fazer o senhor Bernardo Dopolobo esperar." "Não se preocupe. Eu cuido disso", disse a moça. Seu sorriso nunca se desfazia.

"Você deseja então um contato com Bernardo Dopolobo?", perguntou. "Sim, eu..." "Mas deseja *mesmo*???", insistiu a moça. "Sim." "Já pensou em todas as conseqüências que daí poderão advir?" "Que pode advir?" A moça o encarou com olhar ainda mais doce. "Você sabe", disse. "Ainda mais considerando-se o propósito que o traz até ele." A moça cruzou as pernas, encarou-o com redobrada atenção e perguntou: "Você o admira?" "Muito", respondeu Lemoleme. "Eu também", disse a moça. "Que livro dele você prefere?" "Desculpe", interrompeu Lemoleme, "não estou entendendo o propósito deste interrogatório." "Mas não tem propósito algum", respondeu a moça. Ela baixou os olhos, com ar pensativo. "Devo confessar", recomeçou, "que não li tudo o que ele escreveu. Só li o que todo mundo leu. Não sei se devia dizer isso para alguém como você, mas tenho sérias dúvidas sobre a conveniência de gastar a vida na leitura. Os livros não são tudo."

Lemoleme remexia-se, inquieto, no sofá. "O senhor Dopolobo não vai me receber?" A moça sorria, sem responder. Como era bonita! Lemoleme inquietava-se. Uma explicação, eis tudo de que necessitava. Se ela dissesse que

Dopolobo tinha desistido do encontro, que tinha sido surpreendido por imprevisto de última hora, que tinha levantado indisposto, qualquer coisa — pelo amor de Deus, qualquer coisa concreta, palpável, aceitável nas relações sociais — lhe devolveria o chão sob os pés. Aquela indefinição, aquele sorriso que, de tão bonito, só agravava a agonia de flutuar nos domínios da imprecisão e da incerteza, oprimiam-lhe a respiração e faziam-no balançar as pernas.

"Mas, por outro lado", prosseguia a moça, abrindo os braços, "o que é tudo? Os livros não são tudo, mas o que é tudo?" Fez silêncio, depois insistiu, quase num sussurro: "Você teria resposta para essa questão?" Lemoleme balançou a cabeça. "Que pena, você também não sabe", disse a moça, com expressão de desalento. Lemoleme consultou o relógio. "O senhor Bernardo Dopolobo pediu-me para chegar às dez horas e já são 10h20", disse. A moça deslizou para a frente da poltrona e lhe tocou a mão, de leve. "Confie em mim", disse. "Não vai lhe acontecer nada de mau." Depois, olhando para a sacola que Lemoleme tinha pousado a seu lado, no sofá: "Você trouxe o equipamento solicitado?"

Ela levantou-se. "Acho que já podemos ir", disse. "Deixe que eu leve isto", acrescentou, tomando-lhe a sacola. Lemoleme deixou-se conduzir até o elevador. "Bernardo Dopolobo não está em casa", comentou ela, casualmente. "Como!?", afligiu-se Lemoleme. "Então vou embora. Acho que o senhor Dopolobo não quer me receber." "Não", disse a moça com energia. "Tenho instruções terminantes no sentido de levá-lo até lá em cima. Venha." Lemoleme foi. "Instruções de quem?", perguntou, no elevador. "Você sabe", disse ela, e sorriu.

Ao entrarem no apartamento, a moça tomou por um corredor comprido, à direita, conduzindo-o a um banheiro.

"Você pode se vestir aqui", disse. "Há um cabide para pendurar a roupa." "Vou trocar de roupa para quê?", perguntou Lemoleme, entrando no ambiente refrescante e bem iluminado do banheiro. A moça já fechava a porta atrás dele. "Fique à vontade", disse.

Quando se aprontou e abriu a porta do banheiro, não viu a moça. Ficou parado, à espera de que ela aparecesse. Quando enfim ela despontou, na outra ponta do corredor, vinha vestida de outro jeito — um vestido branco, de panos esvoaçantes. Rumava em sua direção em passos ligeiros, e tinha os pés descalços. Só então ele se lembrou de perguntar: "Quem é você?" Ela o olhou com doçura e devolveu: "Essa pergunta, você é que tem que responder: quem sou eu?" Ela sorriu. Ele sorriu também, rendido. Ela tomou-o pela mão e encetou o caminho de volta ao elevador.

"Você vai se encontrar com Bernardo Dopolobo no parque", instruiu. "Ele está lá, fazendo sua caminhada matinal." "Você vai também?", perguntou Lemoleme. "Talvez mais tarde", disse ela. "Ao sair do prédio", prosseguiu, "vire à esquerda e depois à esquerda de novo." Na porta do elevador, ela despediu-se com uma mesura de atriz, ao final do espetáculo. "Espero que não me tenha levado a mal", disse. "Só quis tornar agradável sua recepção." Ela tomou-lhe as duas mãos, com calor. "Foi um prazer", finalizou.

"Dopolobo está de novo testando minha paciência e minha resolução", ia pensando Lemoleme, na rua. "Ele estará realmente à minha espera? Ou outras surpresas me aguardam?" Ao entrar no parque, eis que, caminhando em sua direção, acenando e com um sorriso nos lábios, lá vinha ele, seu admirado e invejado modelo e mestre. "Muito prazer, professor, e me desculpe por ter-me adiantado e vindo logo para cá. A manhã estava tão bonita...", disse o escritor. O receio de novas surpresas deu lugar à alegria de se ver recebido amistosamente.

Dopolobo também vestia traje esportivo. "Costumo caminhar neste parque todas as manhãs. O local é muito agradável. Aliás, foi por causa da proximidade do parque que escolhi morar aqui." Os dois sentaram-se num banco. "O senhor sabe...", começou Lemoleme. "Nada de 'o senhor'", objetou Dopolobo. "Você. Vo-cê." O escritor olhava com simpatia o jovem professor alto e magro, peito afundado, ombros caídos para a frente, as pernas finas, os pés grandes. Os cabelos louros culminavam num tufo que lhe tombava insistentemente sobre a testa, obrigando-o a repetidos movimentos para repô-lo no lugar.

"Estive relendo esta noite os *Contos de Volúpia e Escárnio*", disse Lemoleme, referindo-se a uma das obras do mestre, "e o senhor... quer dizer, você sabe, eles me causam impressão maior a cada leitura." O autor dos *Contos* neste momento parecia distraído com outra coisa, olhando para o chão. "Por que fui dizer isso?", torturava-se Lemoleme. "Não se preocupe", disse Dopolobo, como se tivesse escutado o pensamento do outro. Ele tinha apanhado um graveto, e fazia riscos na terra. "O primeiro encontro é sempre difícil, mas logo nossa conversa vai deslanchar."

O escritor falou da alegria das caminhadas matinais. Em seguida lamentou que não tivessem vingado certas mudas de flores que trouxera com muito cuidado, de sua última viagem à Austrália, para enfeitar os canteiros daquela área ali — e apontou para uma aléia sinuosa, coberta de pedregulhos. Mudou para o assunto da política e disse que aprovava a decisão do governo de substituir a totalidade dos funcionários públicos. Citou um verso de Walt Whitman. Elogiou as excelências de um vinho que provara na noite anterior. De súbito parou, e encarando o interlocutor: "Você não tem nenhuma pergunta a fazer?"

Lemoleme engasgou. "Sim, claro. Muitas. Meu projeto de biogra..." "Não. Disso trataremos a seu tempo. Não tem perguntas mais prementes?" Lemoleme hesitou. "Vou ajudá-lo", prosseguiu o escritor. "Que achou da recepção que lhe foi reservada em minha casa?" "Ah, claro, eu...", disse o candidato a biógrafo. Bernardo Dopolobo interrompeu-o, cortando o ar com o graveto que continuava a manter na mão: "Quem era aquela moça?" "Não sei, ela não me disse", respondeu o professor. "E você não adivinhou?", prosseguiu o escritor. "Tinha que adivinhar?", replicou Lemoleme, hesitante.

O escritor levantou-se. "Você terá outra chance", encerrou. Lemoleme, sentado, com os braços apoiados nas longas pernas, tinha agora o autor de *A Noiva do Tornado* de pé bem à sua frente. A sombra do escritor estendia-se sobre ele, e era uma sombra pesada, que quase doía. Os cabelos grisalhos e a barba que lhe emoldurava o rosto redondo, mais coberta de pêlos brancos que os cabelos, tornavam-lhe a presença ainda mais imponente, aos olhos do jovem professor. Dopolobo tinha lábios grossos e olhos pequenos e firmes. "Você faz psicanálise?", perguntou. "Bem...", respondeu Lemoleme, confuso, com o pensamento no doutor Carlos Nochebuena. "Não devia", disse o escritor.

Dopolobo agora dava dois passos para um lado e dois para o outro, de forma que Lemoleme via-se alternadamente exposto ao sol e encoberto. "Você acha fácil penetrar numa vida? Acha que vidas são redutíveis a um relato, um livro?", perguntava, enquanto segurava o graveto na mão direita, e batia com ele na palma da mão esquerda. Prosseguiu: "Você tem a cara assustada, meu caro professor, mas quem está com medo sou eu." Dopolobo partiu o graveto em dois, jogou longe um pedaço, depois o outro, e repetiu: "Eu é que tenho medo." Dizia essas coisas não com severidade, mas com bonomia, como quem se resigna a uma sorte inescapável. Ainda assim, Lemoleme sentia um frio na espinha. Via desfazer-se, pedaço a pedaço, o sonho de conquistar a confiança do celebrado escritor.

As rugas que de uns tempos para cá cortavam a testa do romancista endureciam-lhe a fisionomia. "Na verdade", prosseguiu, "pedi àquela jovem que o recebesse para levantar uma pequena barreira contra o seu avanço. Para dificultar e retardar sua chegada a mim. Para você ver quantas camadas, algumas muito complexas, terá de superar antes de atingir seu extraordinário objetivo — sim, extraordinário objetivo — que é chegar a mim". Dopolobo distanciou-se alguns passos. "Talvez o tenha aborrecido, mas você há de reconhecer, por outro lado, que fui muito generoso, ao escalar para a função uma moça tão bonita." O escritor deu uma gargalhada. "Vamos andar", convidou. Lemoleme levantou-se do banco. Ao emparelharem, o escritor deu-lhe um palmadinha no ombro. "Estou gostando de você", disse. De tudo o que ouvira até então, foi o que mais surpreendeu o candidato a biógrafo.

"Você se propõe a um trabalho árduo", ia dizendo o romancista. Ele impunha um ritmo forte à caminhada. "Isto não me amedronta", respondeu Lemoleme. "Também pode lhe tomar muito tempo..." "Uns cinco anos, imagino." "Talvez mais", calculou Dopolobo. "No caso de chegarmos a um bom entendimento", acrescentou, "posso ajudá-lo no que estiver ao meu alcance, mas desde já adianto que não lerei, antecipadamente, uma só linha do que você estiver escrevendo. Só vou ler depois de pronto o trabalho e publicado. Não quero que o resultado seja aquilo a que se chama de 'biografia autorizada'." "Também não quero", respondeu Lemoleme.

"Posso me submeter a quantas horas de entrevista você desejar, e lhe garanto que direi a verdade", continuou Dopolobo. "Quer dizer: me esforçarei ao máximo para expressar o que me pareça mais próximo possível da verdade. Mas..." Um beija-flor sobrevoava o canteiro de flores à beira do caminho. Seria ele que distraía a atenção do escritor? Não, olhava além. "Mas...", repetiu, e ainda uma vez interrompeu-se. A mente parecia vagar ao longe. "Mas me reservo o direito de não responder a questões que não me convenha responder", concluiu. "Em resumo: me comprometo a dizer a verdade, mas me reservo o direito de silenciar quando — e se — surgirem questões que não me interessa abordar. Certo?"

Sem avisar, Bernardo Dopolobo pôs-se a correr. Já estava a vinte metros de distância quando acenou ao outro: "Venha!" Lemoleme correu também. Dopolobo desacelerou para que o outro o alcançasse. Retomou então num ritmo forte, que Lemoleme, mesmo com idade para ser seu filho, tinha dificuldade em acompanhar. "Também poderei indicar-lhe pessoas a entrevistar, lugares a visitar, livros a ler. Posso abrir-lhe meus arquivos — com as ressalvas que julgar necessárias." Dopolobo exibia forma física de humilhar o atleta das bibliotecas e das salas de aula que sempre fora Lemoleme. Cada vez mais faltava fôlego ao professor. Já estava perto do colapso, e o outro nem parecia se dar conta. "Você terá acesso — tudo isso se nos entendermos bem, claro — a manuscritos e cartas pessoais."

Nesse momento Lemoleme tropeçou numa pedra e caiu. Acudiu-o uma babá que vinha em sentido contrário, empurrando o carrinho em que conduzia a bebê. "Machucou, moço?", perguntava, enquanto lhe dava a mão para ajudá-lo e levantar-se. Lemoleme a custo pôs-se de pé. "Estes caminhos têm muitas pedras, é preciso cuidado", dizia a babá, a título de consolação. Ela ajudou-o a espanar a terra que lhe manchava a roupa. Lemoleme levava a mão à coxa direita, na qual o impacto fora maior. Um pouco de sangue saía-lhe do joelho. "Isto não é nada", dizia a babá, enquanto limpava o sangue com uma fralda do bebê. "Obrigado", dizia Lemoleme. Só neste momento deu-se conta de que Bernardo Dopolobo não estava mais a seu lado. Procurou de um lado e de outro, até que o localizou, avançado na alameda. Ele nem sequer parara para assisti-lo. Prosseguira no mesmo ritmo. Agora estava parado, cem passos adiante, aguardando com ar de impaciência. Quando seus olhares se cruzaram, fez o mesmo gesto de antes: "Venha!"

Lemoleme arrastou-se até o outro. "Não poderia ter sido pior, não poderia ter sido pior", dizia para si mesmo. "Não me importarei se você vier a escrever coisas desagradáveis sobre mim, desde que verdadeiras", disse Dopolobo, quando emparelharam. Ele prosseguia como se nada tivesse acontecido. Até ameaçou retomar a corrida. "Não, por favor, preciso recobrar o fôlego", pediu Lemoleme, com a mão na coxa dolorida. Dopolobo diminuiu o ritmo. "Não vou interferir em nada. Mas, se você faltar com a verdade, eu o desminto." "É justo", disse Lemoleme. Dopolobo sorriu. "Justo? Você é mesmo uma criança. Até acredita no que escrevo!" Soltou uma gargalhada. "Venha. Quero lhe mostrar algo."

Caminharam até um recanto do parque onde, a poucos metros da aléia principal, via-se um cerrado conjunto de árvores. Enfiaram-se entre duas delas e foram dar numa clareira. O escritor dirigiu-se a um banco feito de pedaços de tronco, sentou-se nele, fez Lemoleme sentar-se a seu lado.

"Tenho uma surpresa para você." De detrás de uma das árvores surgiu então, em passos saltitantes, uma jovem toda de branco, dir-se-ia uma dançarina, que sem olhar para eles, os pés descalços tocando delicadamente o chão coberto de folhas secas, pôs-se a correr até o lado oposto. As belas formas eram cobertas por brancos panos esvoaçantes. Um véu descia-lhe sobre o rosto e proibia que as feições se destacassem com nitidez. Lemoleme assistia à cena com deslumbramento. Era, sem dúvida, a jovem de pouco antes, vestida com as mesmas roupas com que se despedira dele.

A jovem desapareceu do outro lado para logo surgir de novo, e fazer o percurso inverso. Desta vez foi mais lentamente, as pernas bem delineadas pelos panos finos à medida que avançava os passos. Houve um momento, no meio do caminho, em que até olhou para onde eles estavam e sorriu por trás do véu. "Quem era?", perguntou Bernardo Dopolobo, quando ela desapareceu por trás da mesma árvore de onde havia surgido. "Leda", respondeu Lemoleme. "Ah, agora a reconheceu!", disse o escritor, satisfeito. Ela não é linda?" "Lindíssima", respondeu o professor. Leda, como se sabe, é uma famosa personagem de Bernardo Dopolobo.

O escritor levantou-se. "Agora, vamos voltar para casa", determinou. Ao chegarem ao edifício, Lemoleme resfolegava. "Está faltando resistência, hein, professor?", observou Dopolobo. "Precisa melhorar isso, se quer mesmo escrever minha biografia." Lemoleme assustou-se: se preparo físico for condição... Uma vez no apartamento, Dopolobo conduziu-o de volta ao banheiro no qual trocara de roupa. "Pode tomar uma ducha, se quiser", disse-lhe. "Estarei à sua espera na sala."

Lemoleme, depois de um rápido chuveiro, dirigiu-se à sala, onde não encontrou ninguém. Pôde então demorar-se a observar o ambiente, em que se alternavam móveis vetustos, com jeito de heranças de família, com outros modernos, e, sobretudo, as mesas, mesinhas e estantes, objetos de variada qualidade e procedência. Esculturas de qualificados artistas, finas peças de cerâmica e antigas imagens de santos conviviam com bugigangas recolhidas em viagens. Um quadro do pintor Emílio Portaparlo, o mais prestigiado do país e amigo de Bernardo Dopolobo, no qual dominava um sol que não tinha forma redonda, mas trapezóide, nem era amarelo, mas multicolor, e que no entanto, por magias do artista, impunha-se indubitavelmente como um sol, ocupava toda uma parede. Sobre uma antiga cômoda, alinhavam-se fotos de Bernardo Dopolobo em diversos lugares e diversas companhias — entre geleiras que um conhecedor de sua obra localizaria no extremo meridional da América do Sul, cenário do romance *Não Acordem o Senhor Capitão*, e entre asiáticos cobertos de turbantes, sem dúvida tipos do Afeganistão, onde se passa outro de seus romances, *A Fera Indormida*. Havia ainda uma foto de Veridiana Bellini, sorridente, metida num vestido florido, sentada numa cadeira de balanço, e outra em que Dopolobo aparecia com Felícia Faca, a companheira anterior. Felícia, metida em luvas de boxe, fingia dar um soco no escritor. Este contraía-se como se golpeado no estômago.

Um ruído de passos veio interromper-lhe a contemplação das fotos. "Agora vamos sentar e tomar um aperitivo", disse Bernardo Dopolobo. Ele tinha os cabelos molhados do banho. "Depois almoçamos. Você fica para o almoço, sem dúvida? Precisamos aproveitar todo o tempo que tivermos para nos conhecer melhor." O candidato a biógrafo tinha a mão na perna ao aproximar-se da poltrona indicada pelo anfitrião. "Ainda dói", disse. E depois: "Queria me desculpar pelo vexame. Não costumo ser tão desastrado." "Que vexame?", perguntou Dopolobo. "No parque. A queda." "Queda?", fez Dopolobo, enquanto despejava uma dose no copo do convidado, com cara de quem não tinha idéia do que o outro dizia. Não era possível. Será que ele não percebeu, será? O romancista soltou uma gargalhada. "Não se preocupe. Achei o episódio muito edificante."

Quando se levantaram para dirigir-se à mesa do almoço, o escritor tomou o outro pelo braço. "Será para mim uma honra você escrever minha biografia", disse. Lemoleme entusiasmou-se. Passara então na prova? Mais adiante, enquanto se serviam, Dopolobo confessou-se em dúvida. "Para falar a verdade, acho meio desmedido ganhar uma biografia ainda em vida, e pretensioso colaborar com ela..." Na sobremesa, a resolução parecia tomada: "Eu não vou em absoluto permitir que você escreva minha biografia. Para isso", e agora ele ria, "minhas tendências suicidas precisariam ser mais acentuada ainda do que já são". Terminada a refeição, a decisão anunciada foi em sentido oposto: "Na verdade, desde o princípio me senti seduzido pela idéia de uma biografia." O escritor declarou-se muito impressionado com o currículo do jovem professor. "Já sei — sim, porque tive o cuidado de fazer minhas investigações —, já sei que você é um exímio conhecedor e um arguto analista de meus livros."

Na hora da despedida, a um chamado de Dopolobo, apresentou-se, vinda lá dos fundos do apartamento, a mesma jovem das intrigantes aparições com que Lemoleme fora brindado naquela manhã. Ainda vestia o vestido branco que a caracterizava como Leda. "Agora posso fazer a apresentação formal", disse Bernardo. "O nome dela é Maria. É uma atriz. Vai fazer o papel de Jane, numa nova encenação de *O Elefante de Duas Trombas*, e gentilmente concordou em colaborar comigo, hoje. Nem preciso dizer que é a atriz mais bonita de sua geração. Mas você precisa saber que o talento não lhe fica nem um pouco atrás da beleza."

Lemoleme estranhou. Mas como pode? A Jane da peça é velha e feia. Então vão caracterizá-la como velha e feia? Que desperdício... "Não", esclareceu Dopolobo, "ela vai se apresentar assim como a vê. Mas será tratada como velha e feia, tal como está no texto. O diretor julgou que assim obteria o necessário distanciamento da platéia. E quer saber de uma coisa? Funciona. Já vi um ensaio e está muito bom." Maria concordou: "A reação de quem viu os ensaios foi muito gratificante." "Na estréia, faço questão que você me acompanhe", disse Dopolobo a Lemoleme.

Despediram-se. Maria desceria com Lemoleme. Dopolobo agradeceu o serviço prestado pela atriz. Com Lemoleme, combinou a data do próximo encontro. "Desta vez, não haverá surpresas nem embaraços para você, pode ficar sossegado." Lemoleme e Maria não se falaram, no elevador. Na porta do edifício, ela lhe puxou o rosto e, à guisa de despedida, beijou-lhe os lábios. O beijo enlevou o jovem professor e lhe fez disparar o coração. Mas, da forma como ele o sentia, não havia só encanto naquele gesto. Também continha algo de perturbador.

IV

Tão logo Lemoleme pôs mãos à obra no projeto de biografia, viu superadas suas melhores expectativas. Ninguém diria, tendo em vista os percalços dos primeiros contatos, que as coisas lhe fossem correr tão bem. Bernardo Dopolobo mostrou-se não apenas cooperativo, mas até entusiasmado. Os primeiros meses de trabalho, que Lemoleme dedicou com exclusividade a entrevistar o biografado e colher indicações de documentos, pessoas, e lugares úteis para reconstituir-lhe o passado, foram extraordinariamente profícuos. Ao cabo de sessenta dias, o biógrafo já colecionava mais de cem horas de entrevistas gravadas, e o que lhe era mais difícil era domar a fera ansiosa de recordar, precisar datas, detalhar nomes, reconstituir circunstâncias e juntar os pontos liberados de dentro do escritor. Lemoleme queria proceder com um mínimo de método, a começar por fazer o entrevistado seguir uma ordem cronológica, mas... Impossível. A selvagem torrente desencadeada na memória do escritor desrespeitava o leito no qual em princípio deveria correr e extravasava pelas margens, quando não dava saltos para a frente, ou então recuava, ensandecida como um rio que se põe a dar marcha a ré.

Bernardo Dopolobo lançou-se a falar da mãe, da infância, das amizades e dos amores como nunca antes. Contou da temporada que — teria nove, dez anos? — passou na fazenda dos tios. Durante o dia cansava-se nas cavalgadas, nos banhos de rio, nos jogos de bola. À noite, deitado na cama, angustiava-se de saudade da mãe. Tentava reconstituir-lhe os traços, e não conseguia. Teria esquecido a cara da mãe? Concentrava-se, tentava afastar do pensamento tudo o que pudesse distraí-lo do labor de refazer, na escuridão do quarto, o rosto querido — nada. Mudava de método, e agora, em vez de buscar, no arquivo da mente, o rosto como um todo, dividia-o em partes. Isolava os olhos, pensava neles com fervor. Tentava o nariz. Tentava...

Não, não funcionava. O pior é que ele sabia perfeitamente como eram os olhos (claros) e o nariz (fino e comprido, como o dele próprio), mas quando queria transformá-los em imagens não conseguia. A mãe era uma fotografia que se recusava a deixar-se revelar. Dormia afinal. Ao acordar não pensava mais nisso, e saía com os meninos da fazenda a explorar recantos ainda não visitados, enquanto não chegava a hora, entre todas querida, de cair na água do rio. À noite, atropelava-o outra vez o pensamento da mãe, e voltava à tentativa de refazer-lhe o rosto. "Será que nunca mais vou lembrar do rosto dela?", indagava-se. Chegava a pensar na hipótese, absurda c aterrorizante, de não reconhecê-la, ao voltar para casa. A mãe escapava-lhe como uma nuvem, de imprecisas e mutáveis formas.

Lemoleme surpreendia-se com a intimidade revelada tão sem resistência, da parte de alguém que naquele primeiro dia lhe opusera tantas barreiras. O Bernardo Dopolobo de então, desconcertante, até hostil, substituía-se por outro, amável e cooperativo. "Impossível não gostar dele", pensava

Lemoleme. Na maior parte das vezes, o escritor o recebia em trajes caseiros. Uma simples camiseta e calça jeans. Nada da gravata, ou da camisa de gola olímpica, com que de costume aparecia em público, muito menos dos paletós axadrezados que eram quase uma marca registrada. A barba grisalha, bem aparada, denunciava-lhe a idade, mas o físico era rijo, e o porte sobranceiro. Lemoleme vivia não só a felicidade de ver deslanchar um projeto ardentemente acalentado como o deslumbramento de desfrutar da convivência com seu herói.

Bernardo Dopolobo demorava-se a recordar os tempos em que, nadador exímio, venceu importantes competições. Filosofava então sobre esse momento de encontro consigo mesmo, de desafio a si mesmo — "você e o momento preciso do mergulho", "você e a medida exata de suas braçadas", "você e o reto rumo determinado pela raia" —, que é uma competição de natação. "Todo o seu empenho tem de ser no sentido de trancar-se dentro de si, desprezando tudo o que for supérfluo", ensinava. "Você tem de se desfazer das emoções, dos temores, mesmo de sua história, para buscar lá no íntimo o que houver de mais sólido e essencial. Na verdade, tem de se meter dentro de si mesmo a tal ponto que, paradoxalmente, deixa de ser você mesmo. O estado ideal, e eu diria mesmo imprescindível, é quando você consegue anular de todo sua memória e sua circunstância. Consegue libertar-se de si mesmo. Então sim, está pronto para ganhar. Você tanto entrou dentro de si que saiu do outro lado, e não é mais você." Dopolobo ria e concluía: "Isso dá um haicai, veja se gosta:

'Enfim, eis-me eu mesmo.
Consegui despir-me de mim.'"

"Esse método não serve também para o ato de escrever?", perguntava Lemoleme. Dopolobo respondia, distraído, que não: "Para escrever você faz o contrário. Tem de percorrer a raia carregando junto toda a sua tralha." Ele já se levantara e seu interesse agora era mostrar a estante na qual, caprichosamente alinhados, exibia os troféus obtidos nas piscinas — campeão colegial, campeão da cidade... Bernardo Dopolobo chegou a participar de duas competições internacionais, voltando de uma delas com uma medalha de prata, a mais valiosa peça do mostruário. Os tempos de nadador exímio lhe legaram ombros largos e a fama, rara e excêntrica de homem de letras, dublê de cultor do físico, da força e da velocidade. Era uma combinação que deixava embasbacado o jovem e romântico — ou romanesco, como dizia o doutor Nochebuena — Lemoleme.

As entrevistas aconteciam no gabinete de trabalho do escritor, situado no prédio em frente ao de sua residência. Era um ambiente de livros, papéis, arquivos. Uma secretária prestava serviço na ante-sala. Não havia, nas paredes ou nas estantes, diploma, recorte de jornal ou objeto referente a prêmios ou outros momentos de glória recolhidos na carreira de escritor. Em compensação, os troféus da natação ocupavam orgulhosamente um lugar de destaque. Sinal de modéstia? De desprezo pelas pompas da carreira literária, em favor da alegria mais autêntica das conquistas juvenis? "Não", concluiu Lemoleme, estimulado pelo palpite que o severo professor Spielverderber lhe soprou nos ouvidos. "É vaidade. O que ele deseja, com essa omissão à glória literária, é realçar-lhe ainda mais a presença. É como reverenciá-la pelo avesso." Anotou essa conclusão. Tencionava explorá-la na biografia. Para compensar seu lado romanesco, o jovem Lemoleme amparava-se em Spielverderber. O velho orientador não poupava as contrações da face redonda, nem os tremelicos nervosos dos tufos de cabelo, quando se tratava de puxá-lo para os domínios da razão e da perspicácia.

Bernardo Dopolobo narrava, com o mesmo orgulho dos feitos na piscina, a glória de ter sido expulso da escola. "Temperamento rebelde, comportamento incompatível com as exigências da vida em sociedade", dizia o bilhete endereçado à família, e o escritor recitava os seus termos, guardados na memória com o carinho com que se guarda um poema. Com os colegas era briguento e, com os professores, provocador. Uma vez a professora de História entrou na sala quando ele escrevia no quadro-negro, para diversão dos colegas, os seguintes versos:

"Viajei, viajei como Américo Vespúcio
Sem poupar o meu prepúcio."

Era uma composição de sua própria lavra, que tinha ainda uma variante:

"Meditei, meditei como Confúcio
Sem dar tréguas ao prepúcio."

Ganhou dez dias de suspensão e pontos negativos que afinal, acumulando-se com outras manifestações de insubordinação, resultaram na expulsão.

O escritor contava episódios como esse entre gargalhadas, de tão satisfeito consigo próprio. Ele mostrou ao biógrafo fotos em que aparecia com os colegas de colégio. Lemoleme pediu que os identificasse. Anotou os nomes, com a intenção de rastrear o paradeiro de tantos quantos fosse possível. Assim também, paralelamente às conversas, pedia a relação dos tios e primos, dos amigos, dos amigos da família, das namoradas, dos companheiros de natação, de colegas de trabalho ao tempo em que, jovenzinho, Dopolobo trabalhou em redações de jornais e numa emissora de rádio, dos editores de seus livros, de todas as pessoas enfim que em algum momento tivessem se relacionado com o escritor. Ele pretendia procurar a todos e entrevistar a todos. Em sua ambição de elaborar uma biografia exaustiva, impecável, não podia fazer por menos.

Bernardo Dopolobo contou como conhecera Veridiana Bellini — com quem, mesmo sem morar na mesma casa, partilhava vida de marido e mulher. Veridiana fez parte da turma que freqüentou as "Noites Imperfeitas", evento em que o escritor fazia leituras públicas daquela que é considerada sua obra-prima, o famoso romance A *Busca Vã da Imperfeição*. O evento atraiu mais público do que o previsto. As cadeiras de que dispunha o auditório não foram suficientes para acomodar toda a gente, de modo que se improvisaram duas fileiras suplementares, dispostas contra as paredes laterais da sala. As pessoas que nelas se sentavam ficavam de lado, com relação ao estrado de onde o escritor lhes falava — e desde o primeiro momento Dopolobo teve sua atenção voltada para a jovem que ocupava a primeira delas.

A jovem não olhava para ele. Tinha os olhos postos no exemplar da *Busca Vã* que apoiara nas pernas, para acompanhar a leitura. Vez ou outra, fazia anotações à margem do livro. Bernardo Dopolobo só a via de perfil. Quando ela se dispunha a fazer uma anotação, inclinava mais a cabeça em direção ao livro, e então os longos cabelos negros, tombando para a frente, cobriam-lhe o rosto todo. Bernardo Dopolobo encantou-se com aquele perfil apenas esboçado, que aparecia e desaparecia por trás da cortina dos cabelos. Aquele movimento como lhe propunha um jogo de adivinhação. Vislumbrou um nariz reto, fino e comprido, nascido acima do ponto mais baixo da grossa sobrancelha, e tachou-o de altivo. Supôs que os olhos fossem brilhantes e vivazes.

No dia seguinte, a moça chegou mais cedo e garantiu lugar na primeira das filas regulares do auditório. Ficou bem em face do escritor, e ele então se deu conta de que, de frente, ela era muito diferente. Os olhos verdes transmitiam um quê de tristeza, e o nariz, longe de se caracterizar pela altivez, acentuava-lhe o ar dócil. Vista de frente, a jovem era diferente mas era igualmente sedutora. Se tivesse que escolher, Bernardo Dopolobo não escolheria. Ficaria com as duas, a jovem de frente e a de perfil. E foi isso mesmo o que lhe disse, na primeira vez em que saíram. Disse que queria ter olhos de Picasso, para enxergá-la ao mesmo tempo de frente e de perfil.

Em dias e dias de conversa, que por vezes avançavam noite adentro, o biografado falou ao biógrafo das perplexidades da infância e das indecisões da juventude, das fraquezas e ousadias da vida adulta e das decepções e recompensas do começo de velhice que começava a experimentar. "No ano passado fiz 60 anos. Não há um dia em que não pense nisso com assombro." Bernardo Dopolobo juntava as duas mãos, dedo com dedo, com ar melancólico. "Há algo de indecente na velhice, não acha?" Mas logo mudava de assunto. Depois de abordar questão mais íntima, seu costume era girar o pêndulo para a porção de sua personalidade composta de exóticas aventuras e proezas atléticas. Era como se precisasse dessa compensação. E então falava de disputas viris em que se envolvera ou das viagens a lugares de risco. Na verdade ele assim cobria os dois lados de sua obra, ela também dividida entre livros de caráter mais intimista — os livros "de sombra", como os classificava Lemoleme — e os abertos à ação e ao movimento — os livros "solares".

Uma única vez, Lemoleme esbarrou com a reserva que Bernardo Dopolobo anunciou que manteria diante de certos assuntos. Foi quando convidou-o a falar da morte do pai. Ele morrera mesmo assassinado, como se dizia? "Desta vez, passo", disse Dopolobo, como o jogador de pôquer que se recusa a participar da rodada. Lemoleme não insistiu — as regras do jogo o impediam de fazê-lo. Mas não desistiu do assunto. Iria investigá-lo com outras fontes, e deixou isso claro. "Se você conseguir, mérito seu", disse o escritor. Também fazia parte do pacto que ele não interferiria no trabalho do biógrafo.

Da mãe o escritor não se importava em falar, ainda que o estado presente da velha senhora lhe fosse doloroso. "Mal de Alzheimer", disse Bernardo Dopolobo. "Você sabe o que é isso?" "Sei", disse Lemoleme. "Não, não sabe", disse Dopolobo. E então contou como a mãe, aquela mãe cujos traços a saudade lhe bloqueava na memória, quando se via apartado dela, agora lhe fugira na alma. Ela própria anulara-se, não sabia quem era. Mas, teimosamente, existia — e sua existência devia querer dizer alguma coisa. "O quê?", perguntava-se Dopolobo. "Não sei", ele mesmo respondia.

A mãe foi aos poucos escapando de si mesma, até chegar ao estado atual, em que contemplava o mundo com vago olhar alienígena. "O que me consola", disse Dopolobo, "é que ultimamente lhe tenho proporcionado algumas horas de alegria." Contou então que contratara um palhaço ("Sim, um palhaço, você estranha? Foi a melhor idéia que tive em favor dela") que, três vezes por semana, ia à casa da velha senhora, para desfilar seu repertório de caretas, mímicas, correrias, tombos, cambalhotas... "Uma performance de uma hora, a cada vez. Ela ri, espanta-se, aplaude." Aquela mãe... Lemoleme intrigava-se com essa senhora. Já tinha dito a Dopolobo que gostaria de conhecê-la, mas o escritor respondera com uma negativa terminante. "Fora de questão", dissera. Ao mesmo tempo, ocorria ao biógrafo que só mesmo um ficcionista para ter a idéia de arrumar um palhaço para distrair a mãe alienada. É uma idéia que normalmente iria para um conto, pensou. Sob pressão da vida real, foi para a vida real.

Um dia, Bernardo Dopolobo narrou a viagem a Lisboa que fez com Jurema Melo. Ficaram hospedados num hotel, na rua das Janelas Verdes, cujas janelas, sobrepondo-se aos telhados fronteiriços, abriam-se para um trecho do porto. Na primeira noite, ao descerrarem a cortina, viram um navio estacionado bem ali, bem perto, bem no quadro da janela. Era um grande e garboso navio, e apresentava-se no seu momento de maior esplendor, iluminado como salão pronto para o baile. Jurema foi tomada por uma alegria infantil. Se um disco voador tivesse pousado na janela o efeito não teria sido maior. Eles ficaram a contemplar o navio e tomaram champanhe para comemorar. Comemorar o quê? Comemorar o navio. E também, da parte de Dopolobo, comemorar a alegria de Jurema. Eles estavam apaixonados. Era um tempo em que o romance entre ambos, a despeito deles, tão reservados, causava uma espécie de furor. O mais festejado escritor

com a mais festejada atriz: eis o perfeito mote para curiosidade, admiração, enternecimento, ciúme, inveja. Quem tem
idade para isso lembra-se da volúpia com que a imprensa
lançou-se sobre o assunto. Já Lemoleme... Ah, este ansiava
por merecer um dia um romance assim.

Na noite seguinte, ao voltarem ao hotel, lá estava o
navio de novo, esbelto como um cisne, majestoso como um
palácio flutuante, e ainda assim no terceiro dia. Comemora-
ram outra vez. Comemoravam sempre. Mas... No quarto dia,
ao abrirem a janela — decepção. O navio tinha ido embora.
Jurema ficou triste. Haviam-lhes roubado da janela aquela
presença nobre e arcana. Como lhes haviam feito devolver
um prêmio. Depois ficou alegre de novo, e convidou a um
novo champanhe. "Navios foram feitos para chegar e partir",
disse. Bernardo Dopolobo amou-a, nesta noite, mais ainda
do que nas anteriores.

Caía a noite e o escritório em que biógrafo e biografado conversavam mergulhava na penumbra. Bernardo
Dopolobo levantou-se para acender a luz. "Sei no que você
está pensando", disse. "Claro", disse Lemoleme, "*Sexo É para
Desocupados.*" O escritor apagou a luz de novo. "Acho que
não precisamos de tanta claridade."

O episódio que Dopolobo acabara de relatar remetia
ao entrecho de seu famoso romance. *Sexo É para Desocupados* é a história de um casal que se conhece, e é tomado de
imediata e fulminante paixão, na véspera de a mulher receber a notícia de que é portadora de doença incurável. Os
meses seguintes eles passarão num pequeno apartamento que
lhes servirá ao mesmo tempo de refúgio amoroso e, para ela,
de quarto de hospital. As sortidas são só para os exames clíni-

cos e as aplicações de quimioterapia. O médico aparece de tempos em tempos. Mais adiante, será necessária também a presença de uma enfermeira. E em meio a esse ambiente em que se misturam e se entrelaçam doença, paixão e a imobilidade da vida trancafiada num pequeno apartamento, um balão dá o ar de sua graça, plantando-se à janela — um balão a gás, um aeróstato, redondo e brilhante como a lua cheia, vindo sabe-se lá de onde.

"Então *Sexo É para Desocupados* teve ainda mais base na vida real do que se pensa?", perguntou Lemoleme. À antiga suposição de que tinha algo a ver com a morte de Jurema Melo, ela também ocorrida depois de prolongada agonia, acrescentava-se a circunstância do casal fechado num quarto em cuja janela aparecia um vistoso e enigmático objeto. "Isso depende do que você chama de vida real. Aqueles momentos que vivi com Jurema foram os mais irreais da minha vida." O escritor voltou a afundar-se na poltrona. "A paixão é uma irrealidade", prosseguiu. "Por que um balão, e não o navio, como ocorreu na realidade?", perguntou Lemoleme. "Eu precisava de algo mais forte e mais incomum", respondeu Dopolobo. Pensou um pouco. "Mas talvez não fosse isso. Talvez por respeito a Jurema."

A aparição do balão é comemorada pelo casal da história com champanhe, e nos dias subseqüentes, cada vez que vão abrir a janela, a presença daquele objeto pendurado nela, como que caído do espaço, cintilante de dourados, anacrônico e inexplicável, lhes traz conforto e emoção. O balão desaparece num dia em que a doença já se apresenta em estado avançado. O desenlace poderia vir a qualquer momento, anunciara o médico. O homem entreabrira a janela, de manhã, mas logo a fechara, ao perceber que o balão desaparecera. "Por que você não abriu a janela?", pergunta ela. Ele responde que está ventando muito lá fora. Poderia fazer-lhe mal. "Ainda bem", ela comenta. "Sonhei que o balão tinha ido embora." Ela morre ao entardecer. Ele abre a janela e percebe que o balão não desaparecera, e sim agora estava lá no alto, e continuava subindo, subindo.

A penumbra avançava, no gabinete de Dopolobo, de forma que biógrafo e biografado eram agora duas mal distintas silhuetas. "É curioso", observou Lemoleme, entrando num terreno que sabia delicado. "Você acaba de me revelar o episódio que serviu de arcabouço a *Sexo É para Desocupados*, mas esse livro tem ainda mais a ver com Jurema Melo, porque..." "Não, nessa ocasião ela não estava doente", cortou Dopolobo. "Sim, nessa ocasião ela não estava doente. Mas o fato é que viria a ter uma morte parecida." "E eu a seu lado, embora não tão devotado como o personagem do livro." Dopolobo riu um riso nervoso. Havia tensão no ar – o primeiro momento tenso, na série de entrevistas que em geral fluíam de modo franco e afável. A Lemoleme o outro parecia vexado, por se ter aproveitado no livro de episódios vividos. Mas por quê?, perguntava-se. Que pecado haveria nisso? Acharia ele que o fato o diminuía, como artista?

Houve um momento de silêncio. A escuridão agora era completa. "Você sabe...", disse Dopolobo. "Ou melhor, você não sabe. Vou lhe contar um detalhe da morte de Jurema." Hesitou. Em seguida, com voz de comando: "Mas isso não é para pôr na biografia." "Então não conta", disse Lemoleme. Dopolobo refletiu um instante, concluiu: "Vou contar. Faça o que quiser."

Narrou então os últimos momentos de Jurema Melo, a atriz que encantou o público em recriações da Dina de *Assim É se lhe Parece*, de Pirandello, da Nora da *Casa de Bonecas*, de Ibsen, e da moça sem nome de *A Noiva do Tornado*, de Bernardo Dopolobo. Combalida pela doença que entretanto não lhe roubou a lucidez até o último momento, nem foi capaz de devastar-lhe a beleza – compensação de última hora da natureza pela crueldade de roubar-lhe tão cedo a vida –, Jurema entrou naquele que seria o último de seus dias pedindo um caldo de carne para o almoço. Já há dias ela mal comia. Foi interpretado como bom sinal o simples fato de ela lembrar-se do almoço. Conseguiu injerir cinco ou seis colheradas. Mostrava-se animada e falante. Contou de sua estréia no teatro, metida num vestido comprido em cuja barra pisava a todo momento. Lembrou do primeiro beijo que trocou com Dopolobo, à saída de um restaurante. "Você se lembra? Foi a noite mais feliz da minha vida."

Em seguida perguntou a que horas viria o médico. Depois cansou e virou de lado no travesseiro. Bernardo Dopolobo pôs-se por sua vez a falar, na tentativa de manter o ambiente animado. Falou, falou. Ela de vez em quando lhe virava o rosto e sorria. Disse que estava muito cansada. Dopolobo continuava a falar. Ela ficou longo tempo com os olhos fechados. Então abriu-os devagar, como se para isso precisasse de muito esforço, e disse: "Meu amor, por favor, saia do quarto, senão não consigo morrer." Dopolobo tomou-lhe as mãos. "Meu amor, preciso morrer", insistiu. Dopolobo saiu do quarto. Quinze minutos depois abriu a porta, devagarinho. Nenhum ruído. Chegou junto à cama, tomou-lhe a mão, tentou sentir sua respiração. Jurema tinha morrido.

"Foi assim", concluiu o escritor. Lemoleme por um momento sentiu-se varado pelo pensamento de que gostaria de passar por um sofrimento assim mas recuou, ao pressentir o gesto de balançar a cabeça do doutor Nochebuena, em desanimada reprovação: "Romanesco, irremediavelmente romanesco."

Bernardo Dopolobo acendeu a luz. A claridade súbita fez doerem os olhos do biógrafo. "Que belo desfecho para *Sexo É para Desocupados*, não acha?", perguntou o escritor. "A mulher pediria ao amado para sair do quarto. Na presença dele, impossível morrer. E, no entanto, morrer era o imperativo da hora. O livro ganharia em intensidade dramática." "E por que você não lhe deu esse desfecho?" "Não me seria possível. Eu não iria tão longe." "Por quê?", insistiu Lemoleme. Ele se sentia tragado para o centro do labirinto particular do biógrafo, e ansiava pela via de saída. "Porque há um limite além do qual não se pode ir", respondeu Dopolobo. "Não seria ético." Seu tom era de alguém obrigado a repisar uma lição universalmente conhecida. "Ético com quem?", perguntou Lemoleme. "Com ninguém, com todo mundo. Há uma ética que rege o que se deve roubar da vida para a literatura, e vice-versa."

"É engraçado", balbuciou Lemoleme, como que voltando de uma longa meditação, "sua vida parece literatura." "Engano seu", disse Dopolobo. "Eu, como biógrafo, só posso lhe agradecer ter tido uma vida interessante como uma obra de ficção", insistiu Lemoleme. "Eu daria toda minha obra de ficção em troca de devolver a vida a Jurema Melo", disse Dopolobo, com rispidez. "Tem certeza?", ousou perguntar Lemoleme. "Não, não tenho certeza", corrigiu-se o escritor.

"De toda forma", acrescentou, "o que espero de meu biógrafo é que não confunda vida e arte. Não só são categorias diferentes, como às vezes acho mesmo que são opostas. Pense numa bailarina de Degas. Não há nada mais gracioso, delas se irradia uma coleção encantada de gestos e de passos. No entanto, nada mais oposto às bailarinas do que a imobilidade a que um quadro, ou uma escultura, as condena. Para representá-las, ele as matou."

Bernardo Dopolobo bateu nas costas de Lemoleme, animado: "Então, conseguiste?" O biógrafo acabara de obter a bolsa da Fundação Ford que lhe permitiria cobrir os gastos das viagens que julgava necessárias a suas pesquisas. Logo partiria para a primeira delas.

V

Adolfo Lemoleme lançou-se ao mundo. Seu plano previa percorrer os lugares que o biografado percorrera. Numa ocasião, demorou-se num périplo pelas lonjuras do Afeganistão, nada menos que o Afeganistão. Aventurou-se pelas montanhas do lendário Hindu Kush, no rastro dos lugares que inspiraram a Bernardo Dopolobo este livro considerado um marco na história do romance-reportagem, como o classificaram os críticos, que é *A Fera Indormida*. Em outra, raspou as geleiras do Pólo Sul, para buscar em Ushuaia os sítios e as paisagens onde está ambientada a linda história de *Não Acordem o Senhor Capitão*. Foram as duas empreitadas mais extremas a que se deixou arrastar, mas não as únicas. Lemoleme se havia imposto como método de trabalho repetir cada experiência do biografado, ou pelo menos as experiências que fosse possível repetir. Na verdade, assim fazendo, não apenas angariava informações e sensações úteis para a biografia, mas também ganhava a oportunidade de repetir, ou, sendo menos benevolente, de remedar, as tão admiradas experiências de vida daquele que elegera como ídolo e modelo. O que Bernardo Dopolobo tinha de mais invejável, na visão do biógrafo, era que a fina sensibilidade, capaz de proporcionar-lhe mergulhos profundos, às vezes trágicos, às vezes líricos, na alma humana, nem por isso privara-o da sedução pelo mundo exterior, o movimento, o ar livre. Dopolobo, com as muitas viagens, os múltiplos interesses e os diversos e intensos amores — sem falar na obra versátil em que se misturavam os gêneros e se ia do delicado intimismo às peripécias mais excêntricas — era um homem disponível aos ventos da vida.

O escritor o ajudava na logística dos deslocamentos. Para a incursão ao Afeganistão, recomendou-o ao guia que, anos antes, o conduzira por aquelas paragens difíceis, tão complicadas de transpor na multitude de trilhas, montanhas, vales e cavernas que compõem a paisagem, quanto nas vilas, dominadas por pedras, poeira e um povo de alma indevassável. Rahimullah Chandar, este o nome do guia, conduziu-o pelos caminhos dos contrabandistas de antiguidades e pastores de carneiros que se constituem nos principais personagens do livro de Dopolobo.

Não demorou para Lemoleme se dar conta de que Rahimullah, um tipo magro e ágil, de pele curtida e olhos de um verde translúcido, fora o modelo de que Dopolobo se servira para compor os traços e a personalidade de Zalik, o personagem que, em *A Fera Indormida*, esbanja a mistura de ingenuidade e malícia que tanto cativa os leitores da obra. O Zalik do livro divertia os companheiros recitando-lhes um poema que terminava com um gesto obsceno. O mesmo, descobriu Lemoleme, fazia Rahimullah. Este, tal qual Zalik, gostava de contar histórias. Quando, no fim de um dia, descansavam num albergue, ou, mais comumente, na casa de um morador que os obsequiava com a sagrada *nanawateh*, a lei da hospitalidade e do asilo vigente nas aldeias, punha-se a narrar casos em que às mais extraordinárias aventuras junta-se o tempero do sobrenatural.

Um dia, enquanto tomavam o chá verde que Lemoleme tanto odiava, mas que o dever para com os anfitriões o obrigava a tolerar, Rahimullah contou o episódio em que, ao acompanhar contrabandistas pelo vale de Bamian, foram surpreendidos por uma furiosa tempestade de areia. O jeito foi procurar abrigo nas cavernas situadas nas escarpas vizinhas às estátuas dos Budas gigantes, exemplares únicos que conferiram prestígio e celebridade à região. De madrugada, foram acordados por vozes que, a princípio indistintas, soterradas pelo zumbido dos fortes ventos, aos poucos ganhavam volume e clareza. Elas recitavam em coro um mantra de frases truncadas: direita mil e duzentos, árvore torta, esquerda dois mil e cinqüenta, pedra da coroa, subida, gruta dos bezerros, duzentos, sombra do minarete, descida, trilha do monge, direita mil e trezentos. O grupo sobressaltou-se. De onde viriam aquelas vozes? Entreolhavam-se, tomados de uma perplexidade na qual já se insinuava o terror. Um deles enfim teve a coragem de dizer: "Os budas estão falando!" Não podia ser outra coisa. Era um coro de duas vozes, e elas chegavam soturnas, graves, profundas, como se espera das vozes das estátuas. "Espera", disse outro. "Decoremos com cuidado o que eles estão dizendo." Era o espírito prático se sobrepondo aos calafrios do mistério. Claro — aquela mensagem consistia numa indicação de caminho, num roteiro, num mapa do tesouro, quem sabe.

Horas depois, quando o tempo se firmou e lhes permitiu uma boa jornada pelos dificultosos caminhos do vale, saíram a percorrer o itinerário indicado pelas vozes. E tão apressados iam aqueles homens corroídos pela cobiça, que nem repararam no que para um observador de cabeça fria a certa altura não deixaria de se impor: enveredavam por uma direção circular que os levava de volta ao ponto de partida. Chegaram afinal, e estavam a cem metros, se tanto, dos Budas gigantes, embora naquele ponto os Budas lhes fossem invisíveis. Viam-se no chão o que pareciam ruínas de um templo antigo. Caía a noite, e o silêncio era absoluto. Exceto por... De repente um rugido, e não tiveram tempo nem de manifestar surpresa. Um tigre pulou em cima deles, majestoso espécime de mais de 3 metros de comprimento e quase 1 metro de altura, na descrição de Rahimullah, tão animada que não estaria livre dos exageros, rápido e forte como um deus — e seria mesmo um deus, segundo o guia, um auxiliar dos Budas a proteger-lhes os tesouros e a privacidade daqueles homens impuros. O único a salvar-se foi ele próprio, Rahimullah, porque vinha mais afastado, e teve tempo de encetar a retirada enquanto a fera arrastava os restos de suas vítimas para o esconderijo onde se fartaria com o mais lauto dos banquetes. Ou talvez (Rahimullah preferia esta hipótese) porque fosse o único do grupo não tomado pela ambição que desencadeou a maldição dos Budas.

Para os pobres contrabandistas foi a desgraça, mas, para Lemoleme, que tesouro! Ele acabara de descobrir onde Bernardo Dopolobo fora buscar o argumento de *A Fera Indormida*. Sem tirar nem pôr, a história contada por Rahimullah era o arcabouço desse livro que causara tantos elogios, à época do lançamento, à criatividade do autor, capaz de atravessar o mundo para arrancar das entranhas do ancestral Afeganistão uma história tão do nosso tempo e tão do nosso gosto. Mais de uma vez o biógrafo indagara o romancista sobre as fontes desse livro e ele mudara de assunto. Lemoleme esbarrava, vez por outra, com inexplicáveis barreiras a suas investigações. Era como se o mestre regateasse. Não queria entregar assim, tão facilmente, todos os seus segredos.

Em outros momentos, Dopolobo deleitava-se em expor em detalhes as histórias de bastidores de seus livros. Contou que, por erro dele próprio, ao entregar os manuscritos de *Não Acordem o Senhor Capitão*, o fez com os dois capítulos iniciais invertidos. Os revisores não se deram conta disso — mesmo porque o trabalho de revisão é freqüentemente repartido entre duas ou mais pessoas, que não têm noção do conjunto — e ele próprio não pôde conferir os trabalhos de finalização, ao contrário do que em geral ocorria, porque partira em viagem. Ao se deparar com o erro, depois de o livro já lançado, teve uma noite maldormida, e estava decidido a recolher a edição quando bateu os olhos numa crítica de jornal que, intitulada "A técnica sempre renovada de Bernardo Dopolobo", demorava-se exatamente sobre os capítulos em questão, elogiando a forma como faziam encaixar as peças, numa seqüência "provocativa, uma espécie de jogo com o leitor".

Lemoleme riu, ao ouvir tal relato, de um jeito que queria dizer: "Ah, esses críticos..." Bernardo Dopolobo cortou: "Sou muito grato a esse crítico. Ele acrescentou ao meu trabalho qualidades que eu próprio não fui capaz de lhe conferir. Ele me completou. Pegou-me num ponto em que eu chegara ao limite da minha competência e me levou adiante. Além disso, fixou um padrão. Outros comentadores seguiram a mesma trilha, e estabeleceu-se como verdade que eu usara um processo inovador de narração. Uma análise minuciosa e erudita, com base nos mesmos pressupostos, integra uma prestigiosa obra acadêmica, você deve conhecer..."

Dopolobo levantou-se, foi à estante e pegou um livro. Era um trabalho que Lemoleme, como bom conhecedor da obra de Bernardo Dopolobo, conhecia bem. À luz do que o biografado acabara de lhe confessar, o trecho que leram juntos assumia novo significado: "Os dois primeiro capítulos de *Não Acordem o Senhor Capitão* são como uma obra arquitetônica na qual se é convidado a entrar pelos fundos. Primeiro se conhecem os ambientes íntimos, pelos quais se circula observando os seres e as coisas na fluidez indiferente da cotidianidade, para só depois ingressar nos salões nobres onde eles serão formalmente apresentados. O efeito é de uma troca dialética de percepções que, ao se justaporem, convocam como que a uma acrobacia da consciência." Lemoleme esboçou um sorriso. "Não ria", ordenou Bernardo Dopolobo, enquanto, muito sério, fechava o livro e o repunha na estante. "Isso me dá prestígio."

Adolfo Lemoleme encontrou uma colaboradora de primeira ordem na fotógrafa Felícia Faca, a ex-mulher de Bernardo Dopolobo. Felícia era, ela mesma, uma rica personagem. Na juventude, cultivou excentricidades como adotar um macaco, a quem batizou "Sir Richard", que levava, empoleirado no ombro, em coquetéis e vernissages, ou passear num automóvel conversível vestida de homem. A paixão pela fotografia entrou em sua vida simultaneamente à paixão pelo alpinismo. Felícia galgou perigosas encostas, sempre com a máquina fotográfica disputando lugar na mochila com as cordas, os grampos e os mosquetões. Não chegou a sagrar-se uma campeã no alpinismo, mas compensou esse relativo fracasso com o sucesso na fotografia. As cenas do alto, do "mundo visto do teto", como diz o título de um de seus álbuns, lhe renderam fama.

Felícia, em incontáveis entrevistas, narrou ao biógrafo episódios da vida do ex-marido, ao mesmo tempo que se demorava em explanações sobre seus hábitos, seus métodos de trabalho e seu jeito de ser. Seu primeiro contato com o escritor fora por meio de uma troca epistolar, meses após a publicação de *Sexo É para Desocupados*. O livro a impressionara de tal maneira que decidiu escrever ao autor. Carta vai, carta vem, declinou sua condição de fotógrafa, e disse que gostaria de fazer-lhe o retrato. Convidou-o para uma visita a seu estúdio, a que Dopolobo prazerosamente acedeu.. "Ah, você é aquela que andava com o macaco no ombro!", disse-lhe Bernardo Dopolobo, ao deparar com a foto de uma jovem Felícia com seu bichinho de estimação nos braços, numa das paredes do estúdio. Nesse momento, ele se deu conta de quem era a pessoa com quem estava lidando. "Sir Richard, que já morrera há alguns anos, me fez esse trabalho póstumo", comentava Felícia. A sessão de fotos terminou em beijo. Quanto mais não fosse, os dois tinham em comum o gosto pela aventura e o pitoresco. Naquele mesmo dia, Felícia rompeu com o amante chinês que importara de Hong Kong, em acréscimo a certas exclusivas lentes para uso profissional.

"Que mulher", pensava Lemoleme, ao ouvir as histórias da fotógrafa. "Como assim, amante importado de Hong Kong?" "E não se importam máquinas fotográficas, lentes, filmes?", respondeu Felícia. "Ele era tão bonitinho. Mandei vir junto, quando fiz minha última encomenda. Trabalha com revelações e ampliações e é imbatível no que faz." Do mesmo modo como, antes, Bernardo Dopolobo formara com Jurema Melo um par discreto, com Felícia a relação seria de movimento e barulho. O biógrafo invejava a riqueza e variedade das experiências vividas pelo admirado biografado.

Havia da parte da fotógrafa, nas conversas com Lemoleme, o escrúpulo de não descumprir o dever de lealdade para com o ex-companheiro. Ela não entraria em territórios que considerasse invasores da intimidade além do razoável. Por duas ou três ocasiões, a conversa resvalou no pai de Dopolobo, e ela não quis aprofundar o assunto. Ficou, para Lemoleme, a confirmação de que aquele era assunto que tocava na corda mais sensível do escritor.

As conversas com Felícia eram freqüentes e agradáveis. Ela agora tinha como marca registrada a flor, em geral uma margarida, que trazia presa aos cabelos. A ex-companheira do autor de *Sexo É para Desocupados* foi tomada de maternal carinho pelo tipo imaturo e despreparado para os rigores da vida em que identificava o professor. Lemoleme, de seu lado, se perguntava se Felícia ainda não amava Bernardo Dopolobo, e se o prazer que demonstrava durante seus encontros não se devia à oportunidade de reviver o tempo que passou com o escritor.

Já em Veridiana Belini, a atual companheira do biografado, Lemoleme encontrou uma parede espessa, dura de romper. Veridiana, ao contrário do que ocorrera com Felícia, não morava com o escritor. Cada um continuava na própria casa. A primeira conversa que tiveram foi no consultório médico de Veridiana, cuja especialidade era a dermatologia. Ela ficou de recebê-lo depois da última consulta, às seis da tarde. Lemoleme amargou duas horas na sala de espera, folheando a coleção quase integral da revista *Doce Suspiro*, e não teve mais sorte ao ser finalmente atendido. "Que é isso no seu braço?", perguntou Veridiana, ignorando a insistência de Lemoleme em abordar o tema das eventuais pressões inerentes à condição de mulher de tão festejada personalidade. No braço, um pouco abaixo do cotovelo, ele tinha uma pequena bolinha negra. "Arregaça mais a manga... Deixa eu ver... Não, melhor tirar a camisa." O biógrafo saiu do consultório sem nenhum dado novo para o seu livro, mas com uma bolinha arrancada. Menos mal, pensou, ao sair, que não teve de pagar a consulta. Veridiana era tão retraída quanto Felícia era expansiva, tão delgada de corpo quanto a outra, sem ser gorda, era dotada de carnes.

O segundo encontro, Veridiana marcou no Lasciate Ogni Speranza, o restaurante que por dever filial ela ajudava a mãe a administrar. De novo, a tentativa de Lemoleme de lhe extrair matéria que viesse a ajudar na composição da biografia naufragou — desta vez num mar de espaguetes e raviólis, bracholas e polpetas, que ela e a mãe, a boa e exuberante dona Gina, fizeram questão de oferecer-lhe, cada um em pequena quantidade, para degustação. O biógrafo notou, entre um deslocamento e outro da anfitriã, o defeito que ela tinha na perna. Poliomielite, talvez. Curioso que Bernardo Dopolobo, tão detalhista ao lhe contar os primeiros encontros com Veridiana, aqueles em que primeiro só a viu de perfil, para depois se surpreender quando ela se apresentou de frente, não lhe tivesse relatado esse fato. O andar manquitola acentuava uma certa fragilidade, mas não diminuía os encantos da moça médica e *restauratrice*.

De novo Lemoleme não teve de pagar a conta. E não foi esse seu único lucro. Se lhe faltou a loquacidade da entrevistada, pôde observá-la demoradamente, de frente e de perfil, de perfil e de frente. Queria reproduzir, tanto quanto fosse capaz, as sensações de seu biografado, para melhor descrevê-las no livro.

VI

Nas andanças de Lemoleme ocorreram coincidências que, mais do que refazer, levaram-no a reviver, ainda que com sofrimento, as experiências de Bernardo Dopolobo. Quando se aventurou pelo monte de Santo Antão, em busca dos cenários que deram lugar aos capítulos decisivos de *A Busca Vã da Imperfeição*, foi vítima de um acidente de estrada, quase no mesmo ponto em que Dopolobo, também ele, ao tempo em que pesquisava o local para o livro, sofrera um acidente. O de Lemoleme, que viajava em motocicleta, foi mais bizarro que o de Dopolobo, que fez o percurso de jipe. Numa curva da precária e perigosa estrada, o biógrafo atropelou um veado que vinha em sentido contrário. O animal acabou nada menos do que trepado com as duas patas no guidom da moto, em confronto direto e frontal com seu ocupante humano, os dois como que enlaçados para o início de uma dança. Assustado, o veado rapidamente desvencilhou-se do indesejado parceiro e sumiu na mata. A moto tombou e Lemoleme quebrou o pé.

Dopolobo também quebrara o pé, em seu acidente de jipe. Ambos foram socorridos no mesmo hospital. E mereceram as atenções da mesma enfermeira, uma dona Eufrásia que, com tantos anos de intervalo, ainda se conservava, acrescida de duas rugas na testa e um ligeiro tremor nas mãos, mas com a idêntica dedicação, no mesmo posto. Dona Eufrásia transbordava de bondade. Lemoleme ouvira de Dopolobo elogios comovidos à dedicação dessa mulher, quando de sua passagem pelo hospital, e assim que ela se aproximou de seu leito, os olhos protegidos por óculos de aro grosso, as bochechas vermelhas e salientes, teve a certeza de que se tratava da mesma pessoa que no mestre causara tão suave impressão. Quis falar com ela de Bernardo Dopolobo, e Eufrásia empacou. Tentava buscar no arquivo da memória a ficha com os dados de tal pessoa. "É um famoso escritor, o autor de *A Busca Vã da Imperfeição*, uma história que se passa nesta região", disse Lemoleme. Nada. "Ele quebrou o pé, como eu, num acidente de jipe." Eufrásia contemplava o vazio, com seus bondosos e míopes olhos. Não, ela não se lembrava. Bernardo Dopolobo, para ela, era uma página em branco, anterior a um mísero parágrafo, virgem ainda de uma escassa letra, que dizer de obras-primas das letras contemporânea. Nela, Lemoleme identificou um limite vivo da celebridade literária.

Outra notável coincidência ocorreu quando o biógrafo esteve na Amazônia, nos fundões do rio Negro, cenário de *O Docente Indecente*, livro de Dopolobo em que a crítica ouviu ecos de *No Coração das Trevas*, de Joseph Conrad. Lemoleme fez longas viagens de barco, pelo próprio Negro e afluentes, internou-se na floresta, deteve-se em povoações como Airão, Moura e Carvoeiro. Em Apiaú, local onde o professor Rosito, personagem central do livro, conhece a índia Tacuavecé, Lemoleme começou a sentir-se indisposto. Na manhã seguinte, acordou com calafrios, uma forte dor nas costas e febre de 40 graus.

Tal qual ocorrera com Bernardo Dopolobo, quando de sua passagem pela região, pegara febre amarela. Foram dias de sofrimento intenso — febre, náuseas, uma sensação geral de aniquilamento e dores nas costas só mitigadas com morfina. Ele mal abria os olhos. Em nenhum momento, porém, Lemoleme achou que ia morrer. Compensava-o uma suspeita, ou intuição, ou talvez iluminação — a de que, apesar de infligir-lhe tal provação, era uma mão amiga que o conduzia por percursos que, tão surpreendentemente, imitavam os do mestre. Lemoleme não era religioso, mas isso não o impedia em identificar aí uma espécie de bênção dos céus. Coincidências como o acidente na estrada e a febre amarela trouxeram o biógrafo para mais perto do biografado — ou melhor, mais dentro —, e isso era o que de mais precioso ele podia ganhar.

Quando não era premiado pelas coincidências, o biógrafo as criava — ou, pelo menos, tentava criá-las. Foi assim, quando desembarcou no Chile para reconstituir o trajeto de Bernardo Dopolobo até Ushuaia, ao tempo em que o romancista pesquisou a região em que ambientaria *Não Acordem o Senhor Capitão*. Como é do conhecimento geral, tal o escândalo que o episódio provocou, Dopolobo fora preso, ao desembarcar no país, então sob tenebrosa ditadura, por trazer na bagagem um punhado de livros proibidos pelo regime, entre os quais *O Bufões no Poder*, de Vicente Gall, e o famoso *Trópico de Capricórnio*, de Henry Miller. O fato causou comoção. Em torno de Dopolobo formou-se uma corrente internacional de solidariedade, graças à qual o escritor acabou libertado, ao cabo de sete dias. Lembre-se de passagem que o episódio renderia uma das páginas mais ferozes nascidas da pena de Bernardo Dopolobo, a diatribe *O Ditador de Cuecas*, transcrita em vários jornais e revistas, mundo afora, e até hoje citada freqüentemente, modelo que é de investida intelectual arguta e irrespondível contra as tiranias.

Pois o biógrafo desembarcou no Chile com a idéia de, ainda desta vez, repetir o biografado. Trazia na bagagem os mesmos livros que causaram o embaraço vivido por Dopolobo. Não que lhe faltasse a informação de que o país voltara ao leito democrático e que a censura de livros fora abolida. Urdira um plano. Na verificação do passaporte, surpreendeu o carabineiro de serviço proclamando, em altos brados, "Estou aqui para vingar Bernardo Dopolobo", e enfiando agressivamente pela abertura do guichê, com os documentos, os exemplares de *Os Bufões no Poder* e de *Trópico do Capricórnio*. O policial encarou-o com perplexidade. "Não entendeu? Trago de volta a sanha de Bernardo Dopolobo!", disse Lemoleme, agora esmurrando desafiadoramente as frágeis paredes do guichê. Era um provocador ou um demenciado? Aproximou-se um segundo policial, apanhou-o pelo braço e levou-o à sala dos carabineiros. Não ganhou propriamente uma prisão, mas foi aquinhoado com seis horas de constrangimentos, entre interrogatórios, esperas, ameaças de deportação e assinaturas de protocolos. Deu-se por satisfeito. Na situação política em que agora vivia o país, foi o melhor que pôde obter, em matéria de vitimização pelo regime.

Lemoleme tornava-se ousado. Os incidentes em que fora aquinhoado com experiências semelhantes às do mestre incentivaram-no a prosseguir na mesma senda, explorando-a até as últimas conseqüências. Engajava-se assim num processo de recriação do biografado que lembrava o do ator, quando se empenha em entrar na pele do personagem. O método pode parecer ingênuo, ou vão. Lemoleme tinha mesmo a ingenuidade dos que investem em seu objetivo com o fervor dos devotos. Estava tomado de uma flama sagrada. Cada vez mais, o trabalho em que se envolvera era para ele, mais que um desafio, uma missão.

Outro país que visitou em situação política diversa da encontrada, anos antes, por Bernardo Dopolobo, foi o Reino da Espadócia. O romancista desembarcou nesse pequeno e tumultuado enclave ao tempo da guerra civil. Imiscuiu-se entre os oprimidos tofus, de pele mais escura que os dominantes shalis, e de religião muçulmana, ao contrário do cristianismo de tinturas albigenses praticado pela outra facção. Viveu algum tempo entre eles, conheceu suas doloridas carências, seus costumes e seus métodos de resistência e chegou a presenciar algumas das mais cruciais batalhas travadas no período. Dessa experiência resultaria *O Tomate Implausível*, o mais político dos romances de Dopolobo, em que à trama selvagem, viril e sangrenta da guerra entre vizinhos misturava-se a história de amor, à Romeu e Julieta, do tofu Argomende com a shali Vineranda.

O problema, para Lemoleme, começava no fato de que os oprimidos, agora, eram os shalis. Os tofus, vencedores na guerra civil, dominavam o país deitando sobre a facção rival a mesma mão de ferro que antes pesava sobre eles próprios. Não importa. Lemoleme julgou que, como o mestre, deveria aninhar-se entre os tofus, cuja valentia na adversidade, doce caráter e nobreza de sentimentos foram tão lindamente descritos em *O Tomate Implausível*. Ainda mais que trazia uma carta de recomendação de Bernardo Dopolobo endereçada ao chefe Aloni, antigo cabeça da insurreição tofu, agora primeiro-ministro do reino. Tão amistoso e disposto a satisfazê-lo se mostrou Aloni que Lemoleme logo criou coragem para avançar um pedido audacioso: queria ver reconstituída, se isso fosse possível, e se não fosse causar transtornos, a batalha de Ziraprove, área dos arredores da capital onde se deu o confronto mais decisivo da guerra, e cuja épica dramaticidade foi descrita num dos mais impressionantes capítulos do livro de Dopolobo.

Reconstituir a batalha? Pois não, com muito gosto. Nada mais agradável, para um tofu, do que a oportunidade de experimentar o braço no dorso de um shali, ainda que de fingimento. Aloni, atribuindo a si mesmo, sem tardar, a direção da cena, tratou de arregimentar meia centena de homens de sua etnia, de preferência veteranos da guerra, para a falsa batalha, ao mesmo tempo que intimou um antigo chefe shali, agora servindo na faxina do Palácio Real, para fazer o mesmo entre sua gente. No dia aprazado, as duas facções seguiram em velhos caminhões até os poeirentos campos de Ziraprove. Ocuparam-se as posições, retomaram-se as estratégias da batalha de anos antes. Os tiros eram agora de festim e as lanças não tinham pontas. Ainda assim, travou-se a batalha com entusiasmo, não demorou e o entusiasmo virou ardor, o ardor virou fúria, e no final o que era para ser simples encenação terminou em selvagem pancadaria, com dez shalis e seis tofus recolhidos ao hospital, os casos mais graves sendo uma perna quebrada e um afundamento da testa. Só com os veementes apelos de Lemoleme a batalha foi suspensa e evitou-se um desfecho ainda pior. O biógrafo terminou a jornada carcomido de constrangimento e remorso, por um lado, mas satisfeito por outro. Como tentativa de reproduzir uma experiência do mestre, a coisa lhe saíra melhor do que a encomenda.

Que pensava Bernardo Dopolobo de seu biógrafo e do método por este utilizado? O romancista continuava atencioso e cooperativo. Dispunha-se a reservar horas e horas de seu tempo às entrevistas em que o biógrafo o mantinha sob o fogo cerrado de seu ímpeto investigativo, e até passou a admirar-lhe o esforço de querer tudo esclarecer, não deixar nada em branco. Admirou mais ainda a persistência e a habilidade com que Lemoleme lançava-se à cata dos "brinquedos proibidos", como entre ambos passaram a tratar aqueles pontos de sua biografia que Dopolobo se recusava a abordar.

Foi assim que, lançando mão de um punhado de pistas laterais, que perseguiu tenazmente, uma conduzindo à outra, e outra à outra, conseguiu ao fim de meses, desvendar o segredo, ou pelo menos uma parte do segredo, da morte do pai de Bernardo Dopolobo. Alarico Petiqueira Dopolobo, este o seu nome, era um velhaco que a certa altura levou a ousadia abusada que o caracterizava a ponto de arrastar a amante para a mesma temporada de repouso numa estação de águas para a qual convidara a mulher. Alojou a favorita no mesmo hotel da titular, e assim como, em dias normais, revezava-se entre o quarto de uma e outra, assim também, durante uma temporada que deveria ser de relaxamento e desfrute, para a qual convidara a mulher como gesto de compensação por repetidas desatenções e inexplicadas ausências, pôs-se a se revezar entre o quarto que uma e outra ocupavam no hotel. Ora, um hotel, por maior que seja — e este era um grande hotel —, ocupa um espaço circunscrito. Os hóspedes hão de forçosamente se encontrar muitas vezes no salões de convívio, no restaurante, mesmo nos corredores.

Às suspeitas escapadelas do marido sucedeu-se a insistência com que uma certa mulher, de peitos grandes e cabelos ruivos, demorava-se a contemplar a mãe de Dopolobo, sempre que se cruzavam. Encontros cada vez mais freqüentes, olhares ambíguos, gestos furtivos, tudo foi se compondo para delinear, na mente da legítima senhora Alarico Dopolobo, um quadro tenebroso. Talvez fosse só imaginação, mas a certa altura julgou surpreender até um risinho de escárnio no canto dos lábios da ruiva peituda. A situação foi se tornando insuportável. Um belo dia, a senhora Dopolobo abandonou o hotel, deixando na portaria um bilhete em que proibia o marido de segui-la e afirmava sua firme disposição de nunca mais revê-lo. Assim foi. Alarico Dopolobo sumiu da história da família, aí incluído o pequeno Bernardo, então uma criança. Anos depois souberam que ele tinha morrido assassinado. Crime passional, com envolvimento talvez da ruiva de peito grande, talvez de outra, quem sabe? Ninguém quis saber.

Lemoleme poderia ter guardado para si a descoberta. Bernardo Dopolobo só tomaria conhecimento dela ao ler o livro. Mas julgou mais correto dar-lhe conta do que tinha apurado. Bernardo Dopolobo ouviu-o em silêncio. Deu o melhor de si para disfarçar o acabrunhamento. "Meu pai foi um pobre coitado", comentou, ao final, e mais não disse. Era mais do que nunca evidente que o assunto o incomodava. Talvez não houvesse outro que o incomodasse mais, mas não fez a mínima insinuação de que as informações levantadas por Lemoleme devessem ser suprimidas da biografia. Com seu silêncio, honrou o compromisso de que não interferiria na feitura do livro.

Se Bernardo Dopolobo conservava-se atencioso e cooperativo para com o biógrafo, e até lhe admirava certas qualidades no cumprimento da tarefa que se impusera, por outro lado julgava extravagante, por vezes até risível, a obsessão maníaca em restituir-lhe os passos. Dopolobo relatava às gargalhadas, com os amigos, atribulações como a sofrida pelo pobre Lemoleme nos caminhos do monte Santo Antão, e exercitava seu talento cênico ao reproduzir o choque do biógrafo com o veado, os dois frente a frente, um mais assustado do que o outro com o súbito e indesejado entrevero.

Dopolobo também contava, divertido, que Lemoleme, com o propósito de experimentar as sensações do jovem Bernardo Dopolobo em seu tempo de campeão das piscinas, dera para tomar aulas de natação. "Ele persegue o meu passado até debaixo dágua!" E simulava movimentos que pretendiam reproduzir a luta do desajeitado Lemoleme com as águas da piscina. O Lemoleme pintado por Dopolobo nesses relatos notabilizava-se pela sabujice e pelo deslumbramento diante do biografado. Mas os amigos notavam que o olhar crítico e as zombarias conviviam, no escritor, com o envaidecimento por ser objeto dc um esforço biográfico de tal monta. Ele já era um autor consagrado, conhecido internacionalmente, objeto de culto — mas glória nunca é demais. Se a biografia resultasse numa obra sólida, equivaleria a ganhar um monumento em praça pública. Será que Lemoleme tinha talento suficiente para realmente produzir uma boa e confiável biografia, à altura dos esforços que vinha empreendendo na recolha do material? Quando o assunto recaía sobre esse ponto, Bernardo Dopolobo adquiria o ar vago de quem procura a resposta nas estrelas. "Vamos ver no que vai dar isso", dizia.

Às vezes, a reação era outra, especialmente quando estava sozinho. Se, de súbito, lhe vinha a lembrança de que era objeto de uma biografia, um frio lhe percorria a espinha. Espantava-se. "De que tenho medo?", perguntava-se. Nem ele mesmo sabia.

VII

Foram sete anos de trabalho intenso e obsessivo — viagens aos mais diferentes lugares, entrevistas com as mais variadas pessoas, buscas em bibliotecas e arquivos, cerradas sondagens em cartas, diários, blocos de anotações e álbuns de fotografia, consulta a coleções de jornais, leituras e releituras de manuscritos. Tão laboriosa quanto a tarefa de colheita das informações foi a da redação da biografia. Para começar, a própria dedicação fanática de Lemoleme resultou numa tal quantidade de dados que separá-los, classificá-los e hierarquizá-los constituiu-se em tarefa hercúlea. O biógrafo encontrava-se na situação do pescador que, contemplado pela sorte e pela competência com uma extraordinária quantidade de peixes na rede, se via às voltas com a tarefa de separá-los dos diversos dejetos, distinguir os aproveitáveis dos imprestávcis, classificá-los por espécimes e por peso — e ainda, já que não era só o pescador, mas o dono da barraca onde seriam expostos ao público, limpá-los, arranjá-los no balcão, em certos casos tirar-lhes as escamas e cortá-los em filés. Enfim, ao cabo de um esforço que lhe ocupou todas as horas, e em que aos cuidados da pesquisa somavam-se, na hora de passar para as agruras solitárias da escritura, os do bom alinhamento das idéias e do estilo, eis que o obcecado professor se podia sentir recompensado. Estava tudo pronto.

Pronto? Na verdade, a biografia lhe resultou de tal porte que se tornou inviável publicá-la em um só volume. O que tinha em mãos agora era um primeiro volume. Tanto insistiu o editor que Lemoleme acabou concordando em publicar a obra em partes. Caso se esperasse para publicar tudo de uma só vez, a demora seria enorme. Na visão do editor, um homem sensato, desses que, segundo observou certa vez o professor Spielverderber, têm o inestimável dom alquímico de transformar a fumaça em objetos tangíveis, ou, em outras palavras, esse irmão do nada a que se chama arte em bem de valor, alguma coisa, nem que fosse apenas um primeiro volume, teria de sair enquanto o prestígio de Bernardo Dopolobo permanecesse inabalado. Não que algum sinal de perigo despontasse nesse sentido no horizonte, mas o editor já tinha suficientes cabelos brancos para saber que, como tudo, a literatura obedece a modas, e seus expoentes estão sujeitos a tantas vicissitudes quanto a altura das saias ou a largura das gravatas.

O último texto que Lemoleme redigiu foi a introdução, à qual deu o formato de paródia à célebre abertura de *A Busca Vã da Imperfeição*. Para quem desconhece tal obra, se é que existe essa *avis rara*, tanto esse livro já foi lido, comentado, traduzido, resumido, transposto para o palco e transformado em série televisiva, o personagem central da história, Marino Sephora, encontra-se, nesses parágrafos iniciais, em visita a uma antiga igreja cuja arquitetura e cujas numerosas obras de arte a tornam não só um centro de peregrinação mas uma atração turística. Sephora, jovem e talentoso economista, especializado em operações financeiras que lhe vinham rendendo rápida fortuna, tem a atenção voltada para uma pintura que representa a deposição da cruz.

Entre as dobras do manto que recobre a cintura do Cristo, ele identifica uma mancha escura em que julga surpreender... Que seria aquilo? Uma cabeça de coruja em miniatura, lhe parece. Que estaria fazendo ali? Seria um símbolo contrabandeado às escondidas pelo artista, talvez uma insígnia de magia, um recado aos companheiros de fé ou de confraria? Será? Neste momento, quando estava o mais próximo possível do quadro, a cabeça reclinada para enxergar do ângulo mais conveniente a mancha que o intrigava, ouviu uma voz próxima que dizia: "Fale mais alto."

Sephora volta-se e só então se dá conta de que está a poucos passos do confessionário, diante do qual se ajoelhava uma jovem com os cabelos cobertos por um véu. Vestia blusa e saia acinzentadas e, assim de costas, o único pedaço de carne que exibia era um resto de tornozelo. A moça murmurou algo como: "Nem por isso vou deixar de vir aqui, e me confessar. Não vejo porque dispensar os sacramentos." Sephora flagrou-se numa impensada situação: um confessor que aparentemente ouvia mal, falava alto e insistia com a confessanda em que também elevasse o tom de voz. "Isso está acima de qualquer limite razoável", disse o padre. "É louco, e não posso compactuar com loucuras." A moça replicou: "Perdão, padre, mas o que esperava do senhor é um pouco mais de compreensão." Sephora tinha a escolha de recuar e, decentemente, recusar-se a violar a sacralidade daquele momento, mas...

"Minha filha, Nosso Senhor tem compreensão... reincidência", retomou o padre. Às vezes as falas chegavam truncadas aos ouvidos de Sephora. Foi assim também com a resposta da moça: "Reconheço minha inconveniência..." A voz soava chorosa, mas logo retomou a firmeza de antes. "Perdoe-me, padre, mas é a liberdade, e portanto a vida, que estão em jogo." O outro insistiu: "Foi Deus quem concedeu a liberdade aos seres humanos." O padre agora se exaltava, o que fazia com que suas palavras chegassem a Sephora mais atropeladas ainda. "É a religião da irreligião", dizia. E mais: "... a sagração do efêmero e o escárnio do eterno..." "O senhor não lhe pode negar a bondade e a sabedoria", refutava a moça. "Devo, sim, me indignar", respondeu o padre. "Não há conciliação quando se tem na frente um anacoreta do nada." Parecia antes uma polêmica do que uma confissão.

A moça estava agora com a palavra: "... o que não impede uma vida religiosa". "Minha filha", voltou o padre, mudando para um tom suave, "não há religião fora de Deus, eu nem precisaria dizer isso. Mas Deus compreende e perdoa até os que.." A moça o interrompeu: "... eu sinto que isso o abala. E se abala é porque..." O padre ficou em silêncio. A moça continuou: "A revelação que me parece mais bela e pertinente diz respeito ao pecado." O padre de novo se indignou: "... mil pecados. Por exemplo, o da contestação. Por exemplo, o da blasfêmia. Múltiplos são os demônios e múltiplos os pecados que nos sopram na alma."

Seguiu-se prolongado silêncio. "Mesmo assim, confio nas virtudes da religião e no poder da oração e da contrição", disse a moça. "Minha filha, da próxima vez...", e agora o padre soava cansado, como alguém que se rende. "Duzentas ave-marias e cem padre-nossos", encerrou.

Mesmo sem estar a par do mercado da contrição, Sephora julgou excessiva a prescrição de rezas. Que enorme pecado teria cometido a moça? E que discussão seria aquela, motivadora de conceitos tremendos, como "religião da irreligião" e invectivas contra desvios assombrosos, como "a sagração do efêmero" e "o escárnio do eterno"? Ele ardia de curiosidade.

Pelo movimento às suas costas, sentiu que a moça se levantava e deixava o confessionário. Fingiu entreter-se com o quadro mais alguns segundos, e então voltou-se. Ela se acomodava num dos bancos da nave principal. Sephora encaminhou-se devagar para perto. A moça rezava. Ele se sentou dois bancos atrás e impressionou-se com a devoção com que, toda fechada em si mesma, ela se entregava à oração.

Sephora deslocou-se mais para adiante. Queria enxergar o rosto da moça. Não conseguiu. Ela estava toda recolhida, a cabeça baixa, as mãos na testa. Sephora sacou um pequeno papel do bolso, atirou-o ao chão e abaixou-se para pegá-lo. Talvez então, olhando de baixo para cima, conseguisse vislumbrar-lhe as feições. Nem assim. De um momento para outro, a moça abandonou a posição contrita, deu as costas e, célere, quase correndo, encaminhou-se para a porta da igreja. Sephora não esperava por essa. Não era possível que ela já tivesse terminado a infinidade de aves-marias e padres-nossos que lhe tinham sido impostos. Correu para alcançá-la. Ela já ultrapassara a porta de saída.

Na rua, Sephora olhou para um lado e para o outro — nada. A moça não estava mais à vista. Pensou em pôr-se à sua perseguição, mas que rumo tomar? Teve então outra idéia. Dirigiu-se ao confessionário. Iria, ele também, se confessar.

Diria ao padre que tinha cometido o grande pecado de ouvir a confissão alheia. Contaria o que ouviu. Quem sabe obtivesse então indicações sobre quem era a moça e sobre o misterioso diálogo ali travado havia pouco. Ao ajoelhar-se, porém, o que pôde vislumbrar foi a silhueta de um homem abatido, o queixo apoiado na mão. Sephora disse alguma coisa e o padre não respondeu. Disse de novo, e de novo silêncio. "Desculpe, estou muito cansado", reagiu afinal o padre, com voz agônica. O padre fechou a cortina, e deixou o confessionário. Caminhou em direção à sacristia em passos arrastados. De vez em quando parava e balançava a cabeça, como a afastar um pensamento mau. Aquele homem com jeito de derrotado acrescentava mais mistério ao episódio.

O arrebatador início de *A Busca Vã da Imperfeição* serviu a Lemoleme como alegoria em que se punha no lugar de Marino Sephora e dizia que, ele também, para narrar a vida do grande escritor, como indiscretamente ousou postar-se às portas de um confessionário, ele também às vezes não teria senão razões truncadas a oferecer, impenetráveis que são certos desvãos da alma humana, e ele também o que fazia o tempo todo era perseguir um mistério — o da criação artística em seu mais alto nível.

Tal início até que podia soar tatibitate, talvez excessivamente reverente para com o biografado, talvez algo artificial no recurso à paródia de uma cena já clássica de nossa literatura, mas o fato puro, simples e surpreendente é que o livro de Lemoleme, como notou de imediato a crítica e, aos poucos, mesmo o público, era muito bom. Não se esperava tal densidade de informações, nem habilidade na escrita, nem inteligência na interpretação de certos fatos e no questionamento de outros, no nível que se apresentavam nas setecentas sólidas páginas do volume. Lemoleme era até então conhecido por uns raros e curtos trabalhos acadêmicos — isso quando era conhecido. Nem a pequena obra, nem sua pessoa modesta faziam antever o escritor com os dotes que agora se revelavam.

Mais que qualquer outro, surpreendeu-se Bernardo Dopolobo. Até então, apesar da gentileza com que tratava o biógrafo, e da colaboração que lhe prestara, lá no fundo o tinha por um intelecto de segunda ordem. O moço era esforçado, sem dúvida, e muito esperto na caça às informações, mas lhe parecia incapaz de um pensamento original, e suas qualidades de escritor, pelo que intuía, seriam duvidosas, para dizer o mínimo. Não esperava senão um livro de qualidade sofrível, em que uma profusão de dados se amontoaria de forma desarrumada, talvez desconexa. Consolava-o o pensamento de que, bem pesadas as coisas, melhor assim.

Bernardo Dopolobo era um deus das letras, mas leu o livro com a pressa e a ansiedade com que o comum dos mortais costumam ler textos sobre si próprios. Não deixou de encontrar trechos que a seu ver mereceriam reparos, até mesmo alguns equívocos, mas no final reconheceu que os acertos compensavam largamente os defeitos. Leu com um aperto no coração trechos que lhe devassavam mais fundamente a intimidade, como o que descrevia os dias finais de Jurema Melo. Viu-se exposto como não gostaria, mas teve de admitir que o episódio estava escrito não só com precisão e riqueza de detalhes, mas também com grandeza.

Na noite em que terminou a leitura, foi tomado por ambíguos sentimentos. Por um lado, sentiu-se como contemplando a própria estátua e achando que, sim, o escultor fora competente e, sim, isso o gratificava e engrandecia. Por outro, havia o mal-estar pelo mesmo motivo de ter virado estátua, e ainda por cima por mãos competentes, que de certa forma, insinuando-se onde não foram chamadas, atreviam-se a apropriar-se dos cordões de sua vida. O familiar frio na espinha atacou-o com força. Telefonou para Lemoleme, primeiro para cumprimentá-lo pelo belo trabalho e, depois — isso ele achou que não podia deixar de fazer — para agradecer por um ponto que o sensibilizou: o biógrafo não ter incluído no livro o que apurara sobre seu pai.

Dopolobo entrou com uma frase preparada, mas nem por isso a voz deixava de soar sem jeito: "Meu biógrafo, eu o admirei não só pelo que consta do livro, mas também por uma omissão." Lemoleme fingiu que não sabia a que ele se referia: "Ah, devem ter sido muitas. Qual delas?" Dopolobo: "Sinceramente, eu queria agradecer... Você não usou o que conseguiu saber sobre meu pai..." "Não tem nada que agradecer", disse Lemoleme. "Você sabe", prosseguiu Dopolobo, "isso talvez fosse chocante para mamãe". Bernardo Dopolobo não estava sendo sincero. O estado de alienação da mãe blindava-a de dissabores dessa espécie. Ele mesmo tentou se corrigir: "O fato é que não perco as esperanças numa recuperação de mamãe. E se um dia ela vier a retomar a consciência, não gostaria que esse assunto voltasse a incomodá-la." Lemoleme sabia que ele ainda não estava sendo sincero, mas perdoou-o. "Não foi nenhum favor", disse. "Fiquei muito satisfeito em ter conseguido as informações, você sabe, mas, no fim, pensando bem, achei que não eram assim tão relevantes." O biógrafo desligou o telefone achando que, mais do que pelo que o livro continha, havia se tornado credor da gratidão do biografado pelo que não continha.

O livro lançou Adolfo Lemoleme como figura de destaque no mundo das letras. "Temos aqui o exemplo de como um livro de não-ficção pode alcançar as alturas de uma obra de arte", escreveu um crítico. Talvez com um grau de arrebatamento um pouco acima do que seria razoável, mas em todo caso em sintonia com os sentimentos de uma boa parte dos leitores, o mesmo crítico demorava-se a enaltecer a elegância do estilo, a argúcia das análises, "a complexa reconstrução das situações e personagens".

Referindo-se ao episódio da agonia e morte de Jurema Melo, ao qual Lemoleme deu tratamento de luxo, reservando-lhe um capítulo inteiro do livro, o crítico asseverava: "Jurema Melo está tão poderosa e dramaticamente construída, no livro de Lemoleme, que rivaliza com a Adalgisa de *Sexo É para Desocupados*, de Bernardo Dopolobo, da qual foi modelo — se é que não a supera." Bernardo Dopolobo tomava o café da manhã, enquanto lia tal crítica, e neste trecho teve um acesso de tosse. Uma migalha de pão se enganchara traiçoeiramente em sua garganta. Em especial, o crítico destacava a emocionante nobreza com que o autor descreveu os momentos finais de Jurema, "da agonia, vivida entre o sofrimento e o pudor em exibi-lo, até o ato derradeiro e definitivo de pedir ao amante que por favor se retirasse, para poder morrer". "Tal desfecho", concluía o crítico, "reveste-se de uma tal carga dramática que até parece engendrado por um mestre da ficção. Toca numa corda que *Sexo É para Desocupados* não foi capaz de atingir."

As aulas de Lemoleme na universidade ganharam prestígio e popularidade. Naquele semestre, foram as mais requisitadas. O curso dado foi "*A Busca Vã da Imperfeição* e *O Leopardo*: uma aproximação". A acorrência foi tal que havia alunos de pé, sentados no chão e pendurados nas janelas. Bernardo Dopolobo foi convidado por Lemoleme a comparecer na aula inaugural, mas recusou. Dopolobo, a cada dia, mais se surpreendia com o sucesso do antigo professorzinho ingênuo e desajeitado, que atropelava carrinhos de bebê nos parques e era atropelado por veados nas viagens de motocicleta. Um dia, Dopolobo assistiu a uma entrevista de Lemoleme na televisão. O entrevistador perguntava: "Dada a intimidade que o senhor adquiriu com a vida e a obra de Bernardo Dopolobo, é até de se perguntar, embora a pergunta possa parecer absurda, se hoje em dia o senhor não conhece Bernardo Dopolobo melhor do que ele próprio se conhece." Lemoleme respondeu, com o jeito à vontade e o raciocínio direto e assertivo que crescentemente, nele, vinham tomando o lugar da timidez e da insegurança: "Não há nada de absurdo na pergunta. Eu tenho a convicção de que, de certa forma, conheço hoje Bernardo Dopolobo melhor do que ele próprio." Bernardo Dopolobo teve um acesso de riso. Riu tanto, tanto, que chorou.

Bernardo Dopolobo um dia jantava com amigos quando... Qual não foi sua surpresa ao ver Lemoleme entrar no restaurante de mãos dadas com... seria ela?... sim, sem dúvida era ela, a fotógrafa Felícia Faca, sua ex-mulher. Foi visível o embaraço do casal, ao se dar conta da presença do outro. Mesmo assim, dirigiram-se à sua mesa. Bernardo Dopolobo levantou-se para cumprimentá-los. "Que prazer em vê-los." Ele fingia naturalidade. Felícia e Lemoleme se tinham largado as mãos. "Felícia estava fazendo uma fotos minhas. Aí lembramos de vir jantar aqui", disse Lemoleme. Trocaram mais duas ou três frases, depois se despediram e o casal de recém-chegados retirou-se para uma mesa distante.

Sim, Lemoleme e Felícia formavam o mais novo par de namorados da cidade. A intimidade entre os dois viera num crescendo, ao longo das pesquisas do professor. Felícia virara até a confidente em quem se apoiava nas dúvidas e hesitações ao longo da construção do livro. Será certo dar tanto destaque a este episódio? Será que quando Dopolobo escrevia tal livro foi influenciado por tal acontecimento? Pontos como esse davam ensejo a longas conversas, muito úteis para iluminar os caminhos perseguidos pelo biógrafo na composição de sua obra. Felícia, desde o primeiro momento, simpatizara com aquele professorzinho mais novo, inexperiente na vida e nos amores.

Mais recentemente, com o livro de Lemoleme já publicado, os dois tinham tido um encontro decisivo no estúdio de Felícia. Conversavam sobre técnicas fotográficas, Felícia lhe explicava o funcionamento de uma certa câmera. "Agora vamos ver se você entendeu", disse. "Você vai me fotografar. E não vai ser uma fotografia qualquer. Você vai fotografar uma vamp." Saiu para o pequeno camarim ao lado. Quando voltou, vestia uma longa saia de cigana, vemelha e verde, e uma folgada blusa branca, não abotoda, mas amarrada na frente. A barriga e boa parte dos seios ficavam à mostra. Os pés estavam descalços. Ela sentou-se meio de lado numa poltrona, com a perna esquerda dobrada, o pé sobre o assento, e a direita bem esticada. Levantou a saia, de forma a expor toda a perna esquerda, e ordenou: "Pode começar." Lemoleme disparava a câmera enquanto sua modelo mudava constantemente de posição. Ela revirava os olhos, ria, apertava os lábios, ria de novo, de repente fazia uma careta feia para contrabalançar o papel de vamp boazuda, ria de novo. Lemoleme ria também, entre maravilhado e nervoso. Felícia Faca era uma quarentona de carnes fartas mas firmes e bem cuidadas, cabelos negros e olhos grandes. A temperatura ambiente subia e com ela a ousadia. A certa altura, sem aviso, Felícia desamarrou a blusa e exibiu os seios por inteiro. Lemoleme continou a fotografar. Felícia escorregou para o chão, jogou a blusa longe, ordenou: "Agora larga a câmera e vem." Puxou-o para junto de si e então... então foi para ele amante e, de certa forma, professora.

Entre todas as louvações sem fim tecidas ao livro de Lemoleme, naqueles dias, uma intrigou (seria a palavra certa?) Bernardo Dopolobo particularmente. "Fica-se na dúvida", dizia, "se doravante Bernardo Dopolobo será mais lembrado como autor ou como personagem." "Que você acha?", perguntou o escritor a Veridiana Bellini, com um sorriso. "E você?", devolveu ela. "Não é mais divertido habitar os livros do que escrevê-los? Não dá muito menos trabalho ser escrito do que escrever?" Ela não continuou a brincadeira. Sentiu que uma sombra deitava sobre o rosto do companheiro.

Dias depois, o prestigioso caderno dominical da *Gazeta do Meio-dia* dedicava a Lemoleme sua freqüentada seção "O artista por ele próprio". Ali, o aclamado biógrafo, ao falar de suas origens, contou que seu pai — dele, Lemoleme! — tinha sido assassinado, num episódio obscuro, mas possivelmente de origem passional. Acrescentava que esse pai era um notório velhaco que, em sua debochada audácia, não tinha pejo em manter a amante nas vizinhanças da mulher. Bernardo Dopolobo ficou atônito.

VIII

Lemoleme pedia para voltar à Casa dos Quatro Ventos e não conseguia. Pedia, e não conseguia. Bernardo Dopolobo, embora gentil como sempre, já não se mostrava cooperativo como antes. As conversas entre ambos também tomaram rumo inesperado. Dopolobo não dava muita chance para as perguntas do biógrafo. Agora, era ele quem perguntava. Queria saber da vida de Lemoleme, sua infância, seus pais, seus amores ou falta de amores, e quando o biógrafo estranhava essa recente curiosidade, respondia: "Por que você pode escarafunchar minha vida e eu não posso escarafunchar a sua? Também tenho direito."

Foi assim que, entre outras coisas, Lemoleme estendeu-se sobre a infância pobre, numa pequena cidade. O primeiro emprego, ainda muito jovem, quase uma criança, fora de carteiro, na verdade o único carteiro da localidade. "Foi minha sorte", comentava Lemoleme. "O emprego de carteiro desvendou-me o mundo da literatura." Ocorre que o único intelectual local, um farmacêutico que colaborava nos jornais da região e era dado a produzir orações fúnebres para os mortos distintos do lugar, costumava encomendar livros pelo correio. Transitavam pelas mãos de Lemoleme títulos que iam de *Moby Dick* a *Pai Goriot*, de *O Conde de Monte*

Cristo a *David Copperfield*. Ele não tardou a engendrar um truque — retardaria a entrega dos volumes, de modo que pudesse lê-los, antes da entrega ao destinatário.

Foi sua porta de entrada num universo que o arrabatou de modo intenso e definitivo. Se o livro era pequeno, como *Cândido*, bastava retardar a entrega em um dia. Já no caso de um *Anna Karenina*, esticava a entrega o quanto podia, e mesmo assim ocorreu não poucas vezes de acabar entregando o volume antes de chegar ao fim da leitura, de medo de retê-lo tanto que chamasse a atenção do legítimo proprietário. Isso explica que só depois de anos, no caso de *Anna Karenina*, viesse a saber, com choque igual ao provocado pela perda de um ente querido, da triste sorte da personagem título. Ou que, no caso de *Os Sertões*, tivesse passado bom tempo acreditando que a comunidade fundada por Antônio Conselheiro, vitoriosa nos ataques de que fora alvo, tivesse prosperado e se transformado num pólo político e econômico de destaque.

Lemoleme lia na própria pequena sede do correio da localidade, um cubículo mobiliado com não mais do que uma mesa e uma cadeira. Fechava a janela, para que os transeuntes não viessem a flagrá-lo na atividade clandestina, acendia a lâmpada pendurada no teto baixo e rústico, e assim passava as horas, entre uma saída e outra para entrega das cartas, quando não esticava a permanência no local para além do expediente. Era preciso ter muito cuidado no manuseio dos livros, para que não chegassem ao destinatário com aparência de usados. De todo modo, uma ou outra imperfeição sempre podia ser atribuída aos azares a que estão sujeitos os objetos expedidos pelo correio.

Pior era quando os livros vinham com páginas presas umas às outras. Certas editoras sempre os mandavam assim, para suprema irritação do futuro professor. Ele não poderia, claro, sacar de uma faca e destacar as páginas. Sobrava-lhe a alternativa de ler o livro aos saltos, com direito só às páginas que já vinham abertas. Foi assim com *A Cartuxa de Parma*, e desse método de leitura resultou que ele passasse por todos aqueles lindos nomes do romance — conde Mosca, duquesa de Sanseverina — e vertiginosas aventuras — assassinatos, prisões, fugas, retiradas para o convento —, sem distinguir-lhes o nexo. Avançou pela história como o jovem Del Dongo, seu protagonista, avançara entre os atropelos e as confusões, as cavalgadas e as fuzilarias da batalha de Waterloo: sem saber que se encontrava em meio a uma batalha. Foi assim também com *A Montanha Mágica*, e daí ter-lhe restado a conclusão de que o livro consistia no relato da feliz temporada de um grupo de dinâmicos e saudáveis jovens numa estação de inverno. Ele só estranhava que, pelo menos nas páginas que lhe foi possível ler, os jovens não se dessem à prática do esqui na neve. Já que estavam ali, por que negar-se esse prazer?

O mais importante, no período de Lemoleme como jovem carteiro, foi que um dia caiu-lhe às mãos... Sim, um exemplar do *Mi havas bonajn amikojn*. Apaixonou-se. Leu o livro em um dia, mas reteve-o consigo por mais um dia, para lê-lo de novo. Desde os primeiros parágrafos, invadiu-o a sensação de que o casamento com a literatura era para toda a vida. E que teria como mestre e modelo aquele tal Bernardo Dopolobo, cujo nome chegou ao cubículo dos correios como uma imposição do destino.

Fora esses momentos em que Bernardo Dopolobo fazia Lemoleme falar de si próprio, a conversa entre os dois murchava. Algo se quebrara. Sorte para Lemoleme que, no que dizia respeito a seu trabalho, isso não lhe causava maior prejuízo. Ele já estava suficientemente abastecido para a conclusão da biografia. A elaboração do segundo volume consistia basicamente num trabalho de reflexão sobre o material já coletado e de redação, com apenas alguns poucos novos dados a levantar, relativos a estes últimos tempos da vida do autor de *Sexo É para Desocupados* — por exemplo, a aquisição, e a crescente importância, em sua rotina, do refúgio que era esta Casa dos Quatro Ventos.

O certo, digamos, distanciamento de Bernardo Dopolobo, Lemoleme atribuiu-o, num primeiro momento, à morte da mãe do romancista, poucas semanas depois da publicação da biografia. Ninguém soube de imediato do ocorrido. Ao enterro não compareceu nem mesmo Veridiana Bellini. Bernardo Dopolobo, tal qual fizera em vida, guardou a mãe, na morte, só para si. Abriu uma única exceção, e esta foi para o palhaço Beleléu, aquele que contratara para entreter a velha senhora, nos anos de sua dolorosa alienação.

Beleléu compareceu ao velório, na própria pequena casa da falecida, a caráter. Nos pés tinha sapatões com bicos gordos e arrebitados, no corpo camisa de mangas estufadas e calças de cintura larga, mantidas no lugar por grossos suspensórios, e na cabeça chapéu de guizos. Foi sua maneira de homenageá-la. Ela assim o conhecera e o amara. O rosto, pintado de branco, era enfeitado por uma bolota vermelha na ponta do nariz e estrelas, também vermelhas, ao redor dos olhos. O calor era tão forte, porém, que a certa altura começou a derreter-lhe a maquiagem. Suas feições foram assumindo um aspecto lastimável. Assim como os cadáveres, durante o velório, vão mudando de cara, na medida em que se impõem os rigores da morte, combinados com o desmanche dos cuidados com que é costume melhorar-lhes o aspecto, assim também a cara do palhaço mudava. Naquele velório, eram dois a se desfazer, a morta e seu mais assíduo companheiro dos últimos tempos. Os tons vermelho e branco da maquiagem de Beleléu viravam uma pasta que ainda mais rapidamente se liquefaziam ao se misturar às lágrimas que intermitentemente jorravam-lhe dos olhos.

O palhaço chorava aos arrancos e com ruído, com a mesma desinibição das piruetas e tombos de seu repertório profissional. E, como a cada arranco correspondia um brusco solavanco da cabeça, soavam ao mesmo tempo os guizos que lhe pendiam do chapéu. Bernardo Dopolobo sentia-se incomodado e saía da sala. Mas logo voltava, e de novo deparava com o espetáculo cruel do duplo desfazimento, o do palhaço revelando um rosto mais velho do que seria de esperar, e o da morta. O escritor não queria, mas, atraído como por um ímã, não conseguia deixar de fixar o olhar naquele rosto que emergia por trás da máscara de tinta — um rosto corroído de pobreza, de derrota e de velhice. "Dona Belinha, tão boazinha", dizia o Beleléu, entre soluços. O lenço que tinha na mão não era suficiente para conter a mistura de tinta, suor e lágrimas que lhe escorria do rosto, e o líquido gotejava no tapete, formando manchas branco-avermelhadas. Às vezes ele se aproximava do cadáver e de longe, com os lábios estalando na ponta dos dedos, lhe mandava um beijo. Bernardo Dopolobo tinha diante de si um quadro aflitivo.

De um lado, fugiam-lhe, agora para sempre, as feições da mãe, aquelas que em vão tentava reconstruir na memória, na infância. "Coitadinha", dizia de si para si. "Que vida, que triste vida." De outro, liquefazia-se o palhaço. Dopolobo sempre soube que Beleléu era uma ilusão, mas foi não com desgosto, nem com desolação, que presenciou seu desmonte, trágico e despudorado, naquele dia. Foi com horror.

Não. Não foi a morte da mãe a responsável pela mudança dos humores de Bernardo Dopolobo. Os meses passaram, completou-se um ano, e o distanciamento continuou. Dopolobo passou a evitar Lemoleme. Quando não conseguia evitá-lo, fazia-se breve e reticente. Para visitar a Casa dos Quatro Ventos, o biógrafo teve de pedir insistentemente — e, quando afinal obteve o sinal verde, foi para visitá-la sem a presença do dono da casa. Lemoleme sentia-se picado, com a tansformação do mestre, mas — engraçado — não tanto quanto sentiria, se isso tivesse ocorrido antes. O sucesso de seu livro lhe atenuava o choque. Será que o admirava menos? Não. A admiração continuava intacta. Pelo menos, refletia Lemoleme, depois de pensar uma segunda vez na questão, no plano literário, continuava intacta.

Nos dias que passou no refúgio campestre do romancista, Lemoleme, se não desfrutou do convívio do dono da casa, foi recompensado pela oportunidade de conviver com Veridiana Bellini. Nunca antes estivera mais prolongadamente com a companheira de Dopolobo, e as muitas horas passadas juntos, horas que corriam devagar como as nuvens que vez por outra manchavam o céu miraculosamente azul do lugar, tiveram o efeito de, aos poucos, derrotar a resistência e as restrições que Veridiana opunha ao biógrafo. Depois do terceiro ou quarto dia, até se criou um laço de simpatia entre ambos. "Veja lá o que vai escrever de mim", dizia ela. Ao final do primeiro volume, Veridiana ainda não entrara na vida de Bernardo Dopolobo. Nem Felícia Faca, na verdade. As duas mais recentes companheiras do escritor eram assunto para o segundo volume. "Já sei que Felícia vai ter um tratamento de honra", provocava ela, referindo-se ao namoro do biógrafo com a ex-mulher do romancista. "Quero ver o que vai sobrar para mim."

Aqueles dias de proximidade com Veridiana deram a Lemoleme a oportunidade de comparar as duas mulheres e tentar adivinhar que impulsos ou que encantos tinham levado Bernardo Dopolobo de uma para a outra. Felícia era mais sensual e arrebatada. Veridiana, mais recatada e delicada. À primeira cabia melhor o papel de protetora, à segunda o de protegida. Lemoleme perguntava-se se, naquela célebre noite em que Bernardo Dopolobo viu Veridiana pela primeira vez, ela sentada de lado, a acompanhar diligentemente, com um livro aberto, a leitura de trechos de *A Busca Vã da Imperfeição*, o que impressionara o escritor fora realmente o perfil da moça. Atração de verdade talvez ele tenha sentido mais por seu jeito encantadoramente frágil. Veridiana era... não submissa, não é isso, mas suave e contida em seu próprio pequeno espaço, tanto quanto — isso Lemoleme sentia agora na pele — Felícia gostava de avançar e fincar bandeira em territórios vizinhos. Felícia era agora não apenas quem lhe escolhia as roupas e lhe determinara a mudança dos óculos e do penteado. Também tinha a palavra final sobre os eventos sociais de que devia ou não participar, os convites para conferências que devia ou não aceitar, as entrevistas à imprensa que devia ou não conceder. Lemoleme delegou-lhe de bom grado tais encargos, não apenas porque sentia-a mais capacitada para executá-los, mas principalmente por saber que ela fez a mesma coisa para Bernardo Dopolobo, a seu tempo.

A temporada na Casa dos Quatro Ventos, iniciada com a aziaga noite do pesadelo e da sensação de que alguém lhe forçara a porta do quarto, evoluiu para um parêntese de paz e harmonia na vida, de uns tempos para cá tão movimentada, de Lemoleme. Sua maior satisfação foi ganhar a amizade de Veridiana. Os dois se entretinham em conversas na mesa, que se prolongavam para muito além de terminada a refeição, e passeios no famoso fiacre. Sabe-se como são as férias. A quebra da rotina distende os espíritos e torna mais fluente a comunicação. Os dois estavam mais disponíveis um para o outro. Lemoleme, de vez em quando, olhava para ela como comovido, como querendo dizer algo que as palavras não alcançavam, e ficava feliz que ela não afastava o olhar.

Veridiana, boa que era, culpava-se por tê-lo mantido na geladeira durante tanto tempo. Em especial, questionava como equivocada a percepção de que nesses últimos tempos, depois da fama e das homenagens que se seguiram à publicação do livro, ele se tornara presunçoso. "Será que o que sentia era ciúme do sucesso dele?", perguntava-se. "E será que o ciúme era por Bernardo?" Agora, ela até admirava que ele tivesse superado a timidez de antes, a ingenuidade que tinha por corolário a subserviência para com o biografado, a insegurança que tinha como expressão mais infeliz o comportamento desastrado. O ar seguro que agora exibia era uma virtude, não mais um defeito. O ambiente benfazejo que os cercava no campo era completado pelas refeições preparadas por dona Gina, uma surpresa a cada dia — cação à americaine, terrina de fígado de ganso e cogumelos, vitela à moda de Puerto Blanco, peito de pato à Clementine, gnocchetti di riccota da Emilia Romagna.

Num cair de tarde, naquela temporada na Casa dos Quatro Ventos, Lemoleme teve com Veridiana a mais profícua das conversas, até então. Dona Gina tinha saído para passear no fiacre. Ficaram os dois na varanda da propriedade, ele organizando suas notas, ela entretida na leitura de um artigo da *Dermatology Society Ilustrated Magazine*, relatando a importância dos metabólitos intermediários na etiologia do vitiligo, quando de súbito Lemoleme exclamou: "Não se mova, não se mova!" Veridiana assustou-se. Achou que uma mariposa lhe pousara na cabeça, ou um besouro no ombro. "Calma", disse Lemoleme. "Só quero que permaneça nessa posição. Estou me fazendo de Bernardo Dopolobo e contemplando-a pela primeira vez."

Veridiana encontrava-se de perfil, o rosto abaixado em direção à revista. "Ora, você está sempre se fazendo de Bernardo Dopolobo", disse, sem se mover. Ele fingiu que não ouviu a carinhosa perfídia. "Quero fixar bem como você é de perfil", prosseguiu. "Depois você vira e quero vê-la de frente." "Você acredita nisso?", perguntou Veridiana. "Acredita em quê?" "Nem ele sabe, mas não foi isso que surpreendeu Bernardo. Não foi a diferença entre minhas feições de frente e de perfil. Foi perceber que eu mancava, quando me levantei e fui em direção a ele." "Como você sabe?", perguntou Lemoleme. "Sei porque sei." "E você acha que ele se apaixonou por você por causa disso?" "Sem dúvida." "E por quê?" "Porque sim. Porque isso me faz diferente, e ele gosta de coisas diferentes." "Você diria que ele gosta de se exibir ao lado de você por causa dessa diferença?" Veridiana encarou-o, séria: "Bernardo não é disso. Ele não é de se exibir. Você o ofende, com essa pergunta. E me ofende."

Lemoleme pediu desculpas. Não queria de forma alguma abalar aquela recém-conquistada amizade. Muito menos pôr a perder o assunto por onde tinham enveredado. Pela primeira vez, Veridiana falava de Bernardo Dopolobo, de si própria, do caso entre os dois. "Mas talvez você tenha razão", disse ela. "Qual a diferença entre gostar de uma coisa e gostar de exibi-la? Todos gostamos de exibir o que amamos." Veridiana abandonou-se a falar de Bernardo, do início de sua história com o escritor, de sua surpresa ao vê-lo interessado nela. "Eu, tão insignificante — uma simples dermatologista, pobre filha da dona do restaurante, e ele um grande homem... Até hoje, não consigo acreditar." Lemoleme perguntou se a diferença de idade não a incomodava. "Qual o problema?", devolveu ela. "Há pelo menos um problema", respondeu Lemoleme. "Pela lógica da natureza, ele deve ir-se muito antes de você". Veridiana ficou pensativa. "Não, eu ficarei com ele", disse. "Com a lembrança dele, com a obra dele, com o ambiente dele. Me agarrarei aos rastros que ele deixar."

Lemoleme encorajou-se a perguntar o que estaria acontecendo que Bernardo se mostrava agora distante para com ele. "Fiz algo de errado? Ele não gostou do livro?" "Não, ele gostou do livro." "Será que o fato de eu namorar Felícia..." "Você de novo parece que não conhece Bernardo. Você acha que ele ia ter ciúme de uma ex-mulher?" "Não, não acho mas..." "Acho até que ele gosta que Felícia esteja com alguém...", Veridiana fez uma pausa, "... e tenha alguém de quem cuidar. Isso ajudou-a a desistir mais fácil de querer cuidar dele."

Nova pausa. Ficaram os dois em silêncio. "Acho que agora é minha vez de pedir desculpas", disse Veridiana. "Está bem", disse Lemoleme, "mas você não acha que Bernardo preferiria que esse alguém de quem ela cuida fosse outro, não eu?" "Isso eu não sei", disse Veridiana. "Se o fato de eu namorar Felícia não o incomoda", insistiu Lemoleme, "o que mais poderia ter causado o novo jeito com que ele me trata?" "Você está exagerando. Ele nunca deixou de tratá-lo bem." "Sim, ele me trata cordialmente, mas sem a amizade de antes. Às vezes me evita." "A única coisa que eu sei...", começou Veridiana e parou. "O que é? Diga, por favor", pediu Lemoleme. "Eu sei de uma coisa que... não é que ele tenha gostado ou desgostado, mas uma coisa que o desnorteou. Aquela história de você assumir como sua a história do pai dele."

Lemoleme baixou os olhos. A voz de Veridiana veio do fundo dela: "Por que você fez isso?" "Se ele ficou tão intrigado, ou desnorteado, como você diz", devolveu Lemoleme, "por que não abordou esse assunto comigo?" "Ele nunca faria isso." "Por quê? Porque está de mal comigo, é isso?", e Lemoleme pronunciou com desdém o "está de mal". "Ou será por vaidade? Porque um grande escritor, como ele, não deve se rebaixar a pedir satisfações de um pobre professorzinho?" "Você está com raiva de Bernardo?", perguntou Veridiana. "Não. Mas me incomoda que o homem e o escritor que eu mais admirei na vida, admirei e admiro, tenha adotado o comportamento que ele adotou ultimamente comigo. Isso me dói."

Veridiana sentiu pena. Mas não quis perder a oportunidade de esclarecer por que, afinal, Lemoleme se atribuíra a história do pai de Bernardo Dopolobo. "Por que você fez aquilo?", voltou a perguntar. "A mim também, me parece tão louco..." "É porque vocês se recusam a pensar direito no assunto", disse Lemoleme. "Só ficam pensando pelo lado mau das coisas." "Como assim? Há um lado bom, nessa sua atitude?" Veridiana estava curiosa. "Você não admite a hipótese de que fosse para proteger Bernardo?", disse Lemoleme. "Isso não lhes ocorreu, a você e a ele? Pois é simplesmente isso. Eu quis proteger Bernardo. A vida inteira ele não quis esconder a história do pai? Pois agora está mais escondida do que nunca. Passou a fazer parte da minha história, não da dele. É como se eu tivesse trazido para guardar em minha casa uma carga que o incomodava. Arrumei-lhe um esconderijo indevassável. Aqui, ninguém vai encontrá-la."

Veridiana aproximou-se de Lemoleme. "Que é isso na sua testa?" "Nada, mordida de algum inseto." "Venha aqui mais perto da luz." Ela voltava a encarnar a dermatologista. Lemoleme sabia que esse era o seu jeito de sepultar o assunto, quando assumia proporções que lhe eram intoleráveis.

Bernardo Dopolobo sentia ciúmes de Lemoleme? Sentia-se incomodado pelo sucesso do biógrafo? Veridiana jamais se permitiria formular tais perguntas em voz alta. Até mesmo para si mesma ela se proibia de formulá-las, mas lá do fundo, dos recantos mais escondidos de sua mente, elas teimavam em vir à tona. Eram elas que lhe ocupavam o pensamento, agora, enquanto examinava a testa do biógrafo. Não, não pode ser, respondia para si mesma. Bernardo está acima dessas coisas. Ele é muito inteligente, muito vivido, muito bem-sucedido e muito grande para ter ciúmes. É verdade que houve críticos que se aproveitaram do sucesso do biógrafo para destilar seu fel contra o biografado. Veridiana se indignava, em particular, com aquele que dissera que Bernardo Dopolobo seria mais lembrado como personagem do que como autor. "É muita crueldade", pensava. "Muito ressentimento." De toda forma, se a atitude de Bernardo mudara com Lemoleme, no resto a vida seguia. Ele até andava empenhado num novo livro. Veridiana nada sabia sobre esse livro. Mas o fato de vê-lo produzindo, animado, deixava-a contente. Provava que Bernardo estava bem.

IX

Dizer que o novo livro de Bernardo Dopolobo causou surpresa é dizer pouco. Causou furor. Deixou críticos e leitores, amigos e admiradores, inimigos e detratores, desconcertados. "Eu não me surpreenderia tanto se ele publicasse uma versão em versos da Constituição da República da Bulgária", reagiu um crítico. "Bernardo Dopolobo nos deu um susto", escreveu outro. "Estava escondido atrás da moita e nos saltou à frente." O novo livro do célebre escritor era nada mais nada menos que... uma biografia de seu biógrafo! A história de Adolfo Lemoleme, da infância pobre ao triunfo como autor de uma festejada biografia do mais importante escritor de seu tempo. A própria Veridiana Bellini, quando se deparou com o volume, ficou atônita. "Que é isso, que é isso!?", perguntava, à medida que o folheava, sentada na cama, e se dava conta do conteúdo, olhando alternadamente para suas páginas e para o companheiro, de pé diante dela. Bernardo Dopolobo a contemplava, divertido. "Se ele pode, por que eu não posso?", dizia. Adolfo Lemoleme caiu doente.

O título da obra, *A Catedral Invertida*, remetia a um mundo de jogo e de invenção, característicos da ficção do autor, mas se tratava mesmo de uma biografia. Não, é claro, de biografia tão completa e ambiciosa quanto a sua própria, feita por Lemoleme. Mesmo porque a vida de Lemoleme era bem menos rica e aventurosa — além de, até então, bem mais curta. Não justificaria investimento tão profundo e de tantos anos. Mas, se perdia para a outra, em densidade e, inevitavelmente, em contribuição para a história literária — bem como em tamanho, pois se tratava de um pequeno volume —, trazia as marcas de qualidade de Bernardo Dopolobo: a inteligência, a vivacidade, o estilo, a habilidade no ofício de encantar e seduzir. Não que se tratasse de obra à altura de *A Busca Vã da Imperfeição*, ou de *Sexo É para Desocupados*, longe disso. Mas, com todas as limitações de um livro ditado por circunstâncias especiais, e até algo apressado, ainda assim exibia o velho mestre no domínio de seu ofício.

Houve quem o saudasse com entusiasmo. "Agora é Adolfo Lemoleme quem corre o risco de ser mais lembrado como personagem de *A Catedral Invertida* do que como autor de *Bernardo Dopolobo — Uma Vida*", escreveu aquele mesmo crítico que, antes, a propósito do livro de Lemoleme, dissera o inverso. Advirta-se para o exagero. Afinal, tratava-se de item menor no conjunto da produção de Dopolobo. Vai aqui consignada a afirmação, porém, para esclarecer que, ao contrário do que supuscra Veridiana Bellini, o crítico em questão não agira por maldade. Então como agora, movia-o uma espécie de abençoada predisposição para deixar-se arrebatar.

Bernardo Dopolobo, para retraçar a trajetória do biografado, não se limitou às informações obtidas do próprio Lemoleme. Assim como, antes dele, seu próprio biógrafo, tomou os depoimentos de familiares, amigos e conhecidos, e até fez duas viagens a sua cidadezinha de origem. Foi nessas andanças que retraçou as durezas da infância do futuro professor, filho não só da pobreza, mas da incompreensão. O pai era um modesto criador de gansos, cujo desejo maior era treinar o filho para vir a ser um colaborador, um parceiro e, um dia, o sucessor. Mas ao pequeno Adolfo — ou Dolfi, como o chamavam — repugnava até se aproximar dos bichos, cujo grasnado histérico enchiam-no de medo. Crescia no pai o desconsolo por aquele filho inepto e poltrão. Um dia, crente nas virtudes de uma pedagogia de choque, abriu a portinhola que dava acesso ao cercado dos gansos e, ignorando os protestos alarmados do filho, jogou-o lá dentro. Foi como jogar um cristão na arena dos leões. O menino chorava, gritava e agarrava-se à cerca, implorando para sair. O pai estava perto, pronto para intervir caso a situação saísse do controle, mas não foi rápido o suficiente para impedir que um dos gansos, cuja fúria se duplicava com os gritos do menino, o alcançasse nas nádegas.

Não se esperaria, de um pai desses, que sentisse orgulho dos hábitos retraídos desde cedo exibidos pelo filho, mais propenso a ficar em casa do que a gozar da vida ao ar livre, mais a demorar-se nos deveres da escola ou na leitura das publicações infantis com que uma tia costumava presenteá-lo do que nos jogos de bola que tanto entusiasmava a garotada da vizinhança. Para o Lemoleme mais velho, não se desvanecia apenas o sonho de ganhar um herdeiro que lhe seguisse os passos. Havia preocupação inclusive quanto à sanidade física, o equilíbrio mental e a masculinidade daquele que, ainda por cima, era filho único. O olhar paterno era cada vez mais intolerante. Assim sendo, foi possivelmente uma sorte, para o filho — arriscava a escrever o autor —, que esse pai inculto e desalmado cedo tenha desaparecido de sua vida. Primeiro ele saiu de casa, abandonando a mulher, e não demorou muito acabaria assassinado, em circunstâncias que o livro não esclarecia.

O livro tinha os alicerces fincados na realidade, disso não se pode duvidar, mas um leitor que conhecesse a trajetória de Adolfo Lemoleme não deixaria de notar que o autor, cedendo ao vezo de ficcionista, permitia-se liberdades que quem se guia pelos imperativos do rigor científico não se permite. Não só eram passíveis de reparos certos detalhes factuais, como, principalmente, Dopolobo abusou da largueza ao selecionar os episódios, e, mais ainda, ao atribuir-lhes maior ou menor relevo mais de acordo com as suas próprias preferências do que com a importância que efetivamente tiveram na vida do biografado. Foi assim que pouca atenção deu ao esforço que permitiu a Lemoleme superar o ambiente pobre e tacanho de onde provinha e chegar vitoriosamente à universidade, mas caprichou ao descrever o período em que o biografado entregou-se um curioso mister — o de dublador de filmes indianos. Os filmes tinham títulos como *Em Nome do Amor* e *Coração Ousado*. E o dono do estúdio de dublagem chamava-se Gregório Negroponte, por alcunha "O Cascavel". Que prato, para Bernardo Dopolobo! O capítulo inteiro que dedicou ao assunto, ainda que o episódio tenha sido fugaz na vida do biografado, era saboroso como um conto.

O mister de dublador foi um dos vários que um Lemoleme ainda mal entrado na vida adulta exerceu para sustentar os estudos. Entre uma aula e outra, o estudo de uma douta introdução à crítica estruturalista e a leitura cerrada de um poema de Baudelaire, lá ia ele conviver com nomes como Amitah Bachtan e Shah Rukh Khan, Preiti Zinta e Asshwarya Rai, os astros e estrelas responsáveis pelo delírio das multidões — e que multidões — do país de Gandhi, Nehru e Tagore. A voz pouco firme, meio voltada para dentro, talvez não fosse das mais adequadas, mas o nível de exigência da importadora dos filmes indianos também não era. Nem mesmo se cuidava muito da sincronia dos lábios dos atores com a voz dos dubladores. "Aqui não tem esse negócio de capricho", dizia Gregório Negroponte. Ele queria é rapidez na execução do serviço. Negroponte era baixo, tinha pescoço gordo, o peito e os braços peludos, e, ao falar, deixava a língua escapar entre os dentes, como cobra — daí o apelido de "Cascavel".

Quem assistia aos filmes seguia com aflição a dissonância entre os lábios e as falas. Às vezes o ator já fechara a boca e a voz ainda soava, deixando sensação igual à de um automóvel que avançasse sozinho, e só depois seguissem as rodas. Outras vezes, a voz surgia antes que o ator abrisse a boca, e então era como um rádio que começasse a tocar antes que se acionasse o botão de ligar. Isso sem contar a rotina da boca aberta para um som fechado, ou vice-versa. Lemoleme, sempre sério em tudo o que fez — e Bernardo Dopolobo fazia questão de render tributo à seriedade do professor —, no princípio não só tentou chamar a atenção para os erros mais grosseiros, como até chegou a estudar, num manual, os rudimentos do idioma hindi, para ganhar maior familiaridade com os sons e os significados que lhe cabia de alguma forma recriar. O ambiente não estimulava tais perfeccionismos, porém. "Eu vendo filmes como vendo legumes", dizia Negroponte, o Cascavel. Negroponte era também feirante, e tinha a concepção de que filmes foram feitos para ser derramados no mercado assim como os legumes na cesta das freguezas, aos quilos, os maus espertamente contrabandeados com os bons, os verdes escondidos entre os maduros.

Uma vez, quando dublava a história do amor condenado entre um hinduísta e uma muçulmana, Lemoleme deparou com um trecho em que o hinduísta devia dizer, entre lágrimas, no auge do desespero por lhe negarem a amada: "Isso não podia acontecer comigo. Eu sou meu sogro." Lemoleme argumentou que a tradução devia estar errada. Ninguém podia ser o sogro de si mesmo. Não seria o caso de pedir um esclarecimento ao tradutor? Negroponte, ao contrário do que lhe era habitual, até que mostrou boa vontade, e tentou um telefonema para o tradutor. Não o encontrou. Então coçou a cabeça, olhou para o relógio, coçou a cabeça de novo e decretou: "Vai assim mesmo." Lemoleme virou o sogro de si mesmo. E Bernardo Dopolobo ganhou, nesse "O Sogro de si Mesmo", um título para o capítulo.

Eram filmes cheios de sentimentos, em que o bem triunfa, o mal é castigado e o verdadeiro amor supera os mais penosos obstáculos. Em outra ocasião, caberia a Lemoleme dublar uma cena em que o grande Shah Ruck, do alto de uma roda-gigante, de pé sobre a cadeirinha, os braços abertos, em desafio frontal à prudência e às regras do equilíbrio, fazia lá de cima, aos berros, uma declaração de amor à amada, que o contemplava do solo. Negroponte considerou que a voz de Lemoleme não era tão vigorosa quanto exigia o contexto e decidiu que faria, ele mesmo, essa passagem. Mas, se Lemoleme até então vinha dublando o personagem, como podia ser? "Não importa", argumentou Negroponte. "Ninguém vai perceber." Ficou, entre os que presenciaram o episódio, a sensação de que ele na verdade se encantara com a cena, e por isso queria fazê-la ele mesmo. O Cascavel tinha suas fraquezas, e uma delas era deixar-se enternecer pelos belos gestos, em especial quando praticados em nome do amor.

Bernardo Dopolobo tanto se encantou pelo episódio, e em especial pela figura de Negroponte, que se deu ao trabalho de investigar o que teria sido feito dele e de seu negócio de dublagem. Descobriu que o homem se arruinara, perdera o estúdio e a barraca na feira, num lance desesperado abraçou, para reerguer-se, a profissão de proxeneta, saiu-se mal, foi preso, e, cumprida a pena, naquele momento tentava novo recomeço como afiador de facas. Enfim, o autor permitia-se concluir que a experiência de dublador dera a Lemoleme a noção de que vidas são mercadorias intercambiáveis. Enquanto emprestava a voz para o apaixonado da roda-gigante ou, em outro filme, ao desalmado comerciante de tapetes que forçava a filha a casar com quem não queria, ou, em outro ainda, ao heróico barbeiro que salvava sua aldeia do assalto de um bando de salteadores, Lemoleme tomava-lhes a pele de empréstimo, e embalava-se na ilusão de viver outra vida.

Não escapou a Veridiana Bellini os critérios muito pessoais com que Dopolobo valorizava ou desvalorizava os diferentes episódios, nem a sem-cerimônia com que lhes interpretava o sentido. Quando lhe perguntou se não tinha medo de que Lemoleme viesse a denunciar a autenticidade de certos episódios, ele respondeu, do modo mais cândido: "Mas por que ele faria isso? O tempo todo, eu só quis melhorar sua vida!"

Talvez. Mas em muitas passagens Adolfo Lemoleme soava como um jovem atrapalhado, propenso ao vexame e ao ridículo. Assim quando, no afã de impregnar-se das experiências de Dopolobo, para melhor escrever-lhe a biografia, decidiu repetir suas viagens, nas circunstâncias mais parecidas possível. Bernardo Dopolobo fartou-se, claro, na descrição de episódios como a trombada da motocileta de Lemoleme com um veado. Demorou-se na reconstituição do ar aparvalhado do veado ao ver-se com as duas patas dianteiras sobre o guidom da moto, só comparável ao desconcerto do próprio Lemoleme, as mãos de um e as patas do outro quase se tocando, a fronte lisa de um e a testa florida de galhos do outro separadas por uns poucos centímetros, os dois irmanados num colossal dum susto, que misturava o pavor do dano físico ao da intervenção do sobrenatural, como se um misto de fera faminta e de fantasma do além os tivesse vindo emboscar mutuamente naquela curva.

Bernardo Dopolobo, ao cabo das mais de três páginas em que se detinha no incidente, tomava-o como emblemático. O biógrafo, investido da condição de caçador do passado do biografado, tivera ali um aviso dos riscos de sua empreitada. Naquela curva da subida de Santo Antão, eis que a caça atrás da qual se atirava se materializara na forma de um indesejado bicho galhudo, que não tinha nada a ver com a história, e que de súbito lhe imobilizava o guidom com o qual ele supunha controlar firmemente o rumo que se traçara.

O leitor também poderia identificar alguma malícia no trecho em que Bernardo Dopolobo narrava o namoro de

Lemoleme com Felícia Faca. O professor nunca antes tivera namorada, esclarecia o seu agora biógrafo. Mulher só conhecia dos livros, e sexo da observação dos hábitos dos bodes e cabras de sua aldeia natal. Eis que agora era premiado com uma mulher bonita, dedicada e experiente, e — fato curioso — isto lhe viera com outros pedaços de vida que estava empenhado em reconstituir. Pusera-se a buscar documentos, depoimentos, dados a respeito de seu biografado e colhera, de cambulhada, algo muito melhor: uma personagem viva da história em que trabalhava. Pusera-se a buscar ambientes, vivências e sensações experimentados pelo biografado e alcançara algo muito mais valioso: a condição de comborço daquele cuja vida era objeto de suas investigações.

Não havia palavra negativa contra Felícia. Muito pelo contrário, ela era descrita como dotada de incomum confluência de paixão e generosidade, vigor e feminilidade. Lemoleme era igualmente tratado com benevolência. Eram nele ressaltadas qualidades que o faziam merecedor de uma mulher como Felícia. Mas ficava registrado o fato de que, mesmo sem intenção, repetia-se, no caso do amor, o mesmo padrão da reconstituição viva das viagens e de outras experiências do biografado. Também aí, identificava-se o método de construir uma biografia que, em seu rigor e seu zelo, levava o biógrafo a uma espécie de ganância pela vida do biografado.

Uma vez que mais da metade do livro era dedicada à fase em que Lemoleme se pôs a pesquisar e escrever a biografia na qual tanto se empenhava, impunha-se a Bernardo Dopolobo uma questão técnica. Como tratar-se a si próprio? Como introduzir-se a si mesmo na narrativa? A outros o desafio ameaçaria pôr o trabalho a perder. Não ao consagrado autor, que o resolveu da maneira mais simples: introduziu no livro um certo "Bernardo Dopolobo", como se fosse outra pessoa, não ele próprio. O "eu" da primeira pessoa foi rejeitado em favor de um objetivo "ele", de modo que no livro se liam frases como: "Lemoleme era admirador apaixonado de Bernardo Dopolobo." "Bernardo Dopolobo planejou nos mínimos detalhes a recepção ao jovem candidato a biógrafo." "Bernardo Dopolobo respondeu ao professor com um sorriso condescendente." Quando, por razões de estilo, era desaconselhada a repetição do nome, ele lançava mão de recursos como "o conhecido romancista", ou "o autor de *A Busca Vã da Imperfeição*".

Bernardo Dopolobo poderia soar cabotino quando escrevia que "Bernardo Dopolobo" era "um dos mais festejados escritores de seu tempo" ou que "Bernardo Dopolobo era autor de "uma obra variada e fascinante". Mas o tom era sempre de distância do personagem "Bernardo Dopolobo", e nessa estratégia cabiam também apreciações críticas, como quando escreveu que "Bernardo Dopolobo" não se contentava apenas em ser um grande escritor — queria também *parecer* um grande escritor. Ou quando anotou que "Bernardo Dopolobo" tinha sido aquinhoado com enormes quantidades de cada ingrediente que caracteriza o ser humano, inclusive a vaidade e a arrogância.

O tom de neutralidade desdobrava-se na sinceridade com que era descrita sua própria postura diante do jovem professor. Bernardo Dopolobo pintava o "Bernardo Dopolobo" do livro como um tipo que abusava da boa-fé do dedicado admirador e lhe retribuía a veneração com provocações descabidas. Havia trechos que equivaliam a uma confissão. "Bernardo Dopolobo preparou-se para aquele evento com nervosismo de debutante", escreveu, sobre o primeiro encontro com Lemoleme. Em outro momento, afirmou que "Bernardo Dopolobo" ficava mais satisfeito com os percalços do que com os êxitos do biógrafo". À medida que o trabalho avançava, porém, "Bernardo Dopolobo", embora não o demonstrasse, sentia-se mais e mais intimidado diante de um inquisidor de sua vida que mostrava crescente sagacidade e domínio do tema.

O "Bernardo Dopolobo" personagem de Bernardo Dopolobo, apesar de toda a glória acumulada na carreira literária, e da experiência de homem vivido, revelava-se ambíguo diante do biógrafo — por um lado lisonjeado, por outro amedrontado. "Ele tinha medo de quê?", perguntava-se o autor de A *Catedral Invertida*. A resposta não era conclusiva. Não havia resposta. Havia vagas inquietações, tão vagas quanto estranhas, como a de que o "Bernardo Dopolobo" que estava sendo gestado na biografia viesse a representar alguma ameaça ao original.

Adolfo Lemoleme passou três dias na cama, com febre. O mal-estar o aplastara como a um jumento em que a carga arriara as quatro patas. E o pior é que não vislumbrava no livro flancos que pudessem lhe proporcionar o gosto de uma contestação. Erro factual clamoroso só havia um: a informação de que seu pai abandonara o lar e fora mais tarde assassinado. Mas esse era de sua própria responsabilidade. Afinal, ele mesmo inventara de assumir para si um infortúnio que na verdade integrava a biografia de Dopolobo. O pai de Lemoleme continuava vivo e gozando de boa saúde, entretido desde sempre com seus gansos, na chácara modesta. Menos mal que a distância física em que se encontrava, somada à distância das letras, tornava remota a hipótese de que viesse a tomar conhecimento do que o livro dizia dele.

Para aliviar-lhe as penas, Felícia Faca transportou-se para a casa do namorado e cuidou de administrar-lhe os remédios, preparar-lhe as refeições e tentar fazê-lo comer um mínimo. Principalmente, tratou de ler com ele, sem pressa e com cuidado, ler e reler, o novo livro de Bernardo Dopolobo. Lemoleme aos poucos foi se recuperando do choque. Bem pesadas as coisas, concluíram, ele e Felícia, que o livro não lhe era desfavorável. Se era pintado, em alguns capítulos, como um jovem espevitado, propenso a meter-se em incidentes ridículos, por outro lado era reconhecido seu valor, não só como intelectual inteligente e trabalhador persistente, mas, também, como escritor talentoso. O livro terminava descrevendo a surpresa de "Bernardo Dopolobo", ao ler o livro de Lemoleme. "O romancista de *Sexo É para Desocupados* estava convencido de que despontara, no mundo literário, um talento como há muito não se vislumbrava", escreveu o autor.

No sétimo dia a febre tinha cedido, e a conversa com Felícia girava mais em torno das últimas linhas do livro. "Quem diria, um Bernardo Dopolobo humilde", dizia Felícia. "E foi você quem o conseguiu..." Na imprensa, o "duelo das biografias", como foi batizado o episódio dos dois livros que se entrecruzavam, punha-o em pé de igualdade com Bernardo Dopolobo, seu ídolo. Que poderia querer mais? De resto, até sentia o que jamais imaginou que sentiria um dia — uma pitada de compaixão por aquele "Bernardo Dopolobo" fragilizado das passagens mais reveladoras do volume. Dava vontade de telefonar para ele. "Telefona", encorajava Felícia. Foi quando....

Foi quando Bernardo Dopolobo deu uma entrevista — coisa rara — a uma emissora de rádio em que não só falou longamente do novo livro e de sua obra em geral como também — coisa raríssima — de sua vida. Disse então que, quando jovem, trabalhou por um certo período como carteiro. "A profissão sempre me encantou", comentava. "Até hoje me emocionam aqueles homenzinhos de farda, uma mochila às costas, saltando de casa em casa. Naquele tempo, quando outros meios de comunicação estavam ainda na infância, como eram importantes, os carteiros! Eram os portadores da carta, esse pedaço de papel cheio de promessas e de mistério, que se desdobra com esperança e medo..."

O romancista embarcava, bem ao seu jeito, em digressões sobre o fascínio das cartas, acentuado pelo fato de virem escondidas num envelope, uma casca que recobre seu terrível poder. Então, retomando o fio da meada, contava que, entre as pessoas às quais lhe cabia entregar as cartas, incluía-se um intelectual, um velho professor aposentado, que costumava encomendar livros pelo correio. Obras-primas da literatura e do pensamento universais faziam um pouso nas mãos do jovem carteiro, antes de chegar ao seu destino — Nietzsche e Santo Agostinho, Shakespeare e Cervantes. Não tardou que concebesse um plano. Retardaria o mais que pudesse a entrega dos livros, de modo a poder lê-los antes. Foi assim que tomou contato com autores que determinariam seu destino e o marcariam pela vida fora, como Rousseau e Flaubert, Conrad e Hemingway.

"Que história mais interessante", observou o entrevistador do rádio. "Por que o senhor guardou-a até agora?" "Não sei. Talvez...", começou a responder Dopolobo. "Afinal", atalhou o entrevistador, "o episódio não contém nada demais, nada de constrangedor." "Eu o guardei porque faz parte do meu tesouro íntimo", explicou o escritor. "Nele não se deve mexer assim à toa..."

Lemoleme ficou paralisado. Só então se deu conta de que Bernardo Dopolobo não incluíra, no livro, a fase em que fora, ele sim — ele, Lemoleme —, o carteiro que encontrou na profissão a oportunidade de encharcar-se de literatura. "Ele resolveu guardar para ele esse pedaço da minha vida!" Lemoleme deu um soco no ar, com raiva. "A velha raposa...", disse. Foi a primeira vez que se referiu com palavras desrespeitosas ao mestre e modelo.

X

Outros poderiam ter suas vidas desestabilizadas por uma frustração amorosa, por um sonho mau, um peso na consciência. Marino Sephora teve a sua posta fora dos trilhos pela conversa ouvida no confessionário. Tornou-se um homem perseguido pelas frases soltas e truncadas, misteriosas como sentenças do oráculo de Delfos. Teve a mente capturada pela moça sem rosto que lhe escapou naquele dia pela nave da igreja como corça que escapa da mira do caçador. As frases, ele as repassava ora numa ordem, ora noutra, ora isolando as falas do padre, ora as da moça, ora as juntando, mas não na mesma seqüência em que as ouvira, ora combinando o sujeito de uma com o verbo de outra, na busca vã de algum sentido. A visão da moça procurava reconstituir com os retalhos que lhe fora possível aprisionar na retina: um véu, um resto de tornozelo, um corpo que se recolhia todo em pungente contrição, um vulto esguio que se precipitava porta afora. Sobretudo, intrigava-o o rosto que a ele se negava. Marino Sephora foi tomado pela certeza de que ali — na moça, na conversa, no segredo do confessionário — repousava um bem pelo qual valia a pena lutar.

A voz — ele tinha perfeitamente gravada na memória a voz. Uma voz rouca, angustiada mas firme, e que trabalhava no diapasão de um sussurro gritado, para atender às exigências da surdez do padre. A voz soava-lhe ainda nos ouvidos. Ele a tinha mais nítida do que a imagem. Era uma voz... Como defini-la? Verdadeira como um som da natureza, imemorial como o vento soprando entre as árvores.

Marino Sephora voltou no dia seguinte à igreja. Encaminhou-se ao confessionário, em nova tentativa de obter do padre alguma pista sobre o episódio do dia anterior. Ele adotaria uma de duas estratégias. Ou bem inventaria que, tendo ouvido a confissão, estava a par de seu conteúdo, e a partir daí o padre, mesmo censurando-o pela violação do sacramento, não teria razões para escusar-se de tecer comentários dos quais fatalmente surgiriam importantes indícios, ou bem repetiria algumas das frases da moça, o que desencadearia no padre as mesmas reações indignadas, agora sem os truncamentos que lhes obscureciam o sentido. Também não estava afastada a possibilidade de uma combinação das duas estratégias.

Marino Sephora ajoelhou-se e atrás da cortina do confessionário distinguiu o vulto de um homem cabisbaixo, que não se abalou à sua aproximação. Precisou bater na madeira para tentar despertá-lo. Bateu de novo. Bateu mais alto. O homem então levantou a cabeça: "Perdão, filho, estou cansado. Eu o absolvo de seu pecado." "Mas como, padre? Qual pecado?", reagiu Sephora. "Perdão, filho, estou cansado", repetiu o padre, e recaiu no estado de letargia. Marino Sephora afastou-se, fazendo o sinal-da-cruz. A voz era a do mesmo padre. Na conversa com a moça, ela soara sólida, cheia de vigor argumentativo, ainda que em boa parte do diálogo parecesse na defensiva. Agora, era a soturna voz de alguém ferido fundo. Se a voz da moça parecia vir do alto, como a do vento nas árvores, a do padre, vinha de baixo, abafada e sofrida. A Marino Sephora ocorreu uma imagem estranha. Era como a voz de alguém já enterrado.

Sephora voltou no dia seguinte e no outro também. A semana inteira, não deixou de ir à igreja. Ajoelhava-se ao confessionário e o que tinha diante dos olhos era sempre a mesma imagem: o vulto do padre, cabisbaixo, ensimesmado e sofredor. Não adiantava mais chamar, tossir, bater forte na madeira — o homem agora nem esboçava reação. Permanecia no mesmo estado de torpor. Sephora, a cada dia, ao voltar, tinha a impressão de que ele não se movera dali desde o dia anterior. O padre tinha se encerrado no confessionário como alguém que se encerra a si próprio numa solitária. No quinto dia, Sephora decidiu indagar na sacristia sobre aquele estranho estado de coisas. Teve de esperar enquanto a mulher que ali prestava serviço movimentava-se, vassoura em punho, por trás do arcaz desencostado da parede. "Vem agora, safado, vem agora, maldito", dizia, e ao pronunciar esta última palavra fez uma pausa, virou os olhos para o céu e pediu: "Senhor, desculpe a blasfêmia." Ela agitava a vassoura e tinha os olhos postos no chão. "Agora você não me escapa", dizia. "Ah, escapou...", lamentou em seguida.

A mulher demorou para perceber a presença de Sephora. Quando enfim lançou o olhar em sua direção, comentou: "Não se tem mais sossego aqui. Não se pode trabalhar em paz. Um rato." "A senhora não tem uma ratoeira?", perguntou Sephora. "Tenho sim. E do último modelo. Recursos aqui não nos faltam. Uma movida a bateria. Não sei se o senhor conhece." "Não", disse Sephora. "Ah, vou lhe mostrar", disse a mulher, e contornou o arcaz para alcançar, dentro da gaveta, por entre estolas e sobrepelizes, dosséis e rendadas toalhas de altar, um objeto que trouxe com o cuidado devido a uma relíquia. "Veja que peça. É uma preciosidade." Era uma caixa retangular com um furo a atravessá-la ao meio, como um túnel. A mulher explicou que o rato era atraído por uma combinação de cheiros que vinham de dentro do túnel. Ele então se precipitava para dentro e, uma vez no interior da caixa, era fulminado por uma descarga elétrica. "O mecanismo permite uma morte limpa, sem os inconvenientes das ratoeiras tradicionais, concebidas pelo sistema da guilhotina, que, além de causar sofrimento aos bichinhos, deixam aquela sujeirada de carnes dilaceradas, sangue e tripas", explicou a mulher. "Mas por que a senhora guarda a ratoeira na gaveta?", perguntou Sephora. "Ah, só vou usá-la em último caso. O senhor reparou que capricho, que acabamento?" O objeto era decorado com meia dúzia de pequenas iluminuras representando cenas campestres enquadradas em molduras de flores e folhagens douradas. "Foi feita pelos monges de Santo Ildefonso", informou a mulher. "É uma santa ratoeira", comentou Sephora. "Uma sagrada peça, mas animada pela mais moderna tecnologia", completou a mulher. "Acho que não a usarei nem em último caso."

Súbito, ela mudou de assunto. "O senhor deseja?...", perguntou, enquanto repunha a ratoeira na gaveta. Era uma senhora já avançada em anos e de ares enérgicos, cujo corpo se repartia em dois. Da cintura para cima era magro, mas engrossava sobremaneira nas ancas, e prosseguia farto pernas abaixo. Sephora explicou que, há dias, tentava se confessar, mas não havia meio de consegui-lo, apesar de o padre estar sempre presente no confessionário. "Isto é uma reclamação?", perguntou a mulher. "Não, eu...", tentou explicar Sephora. "Em 35 anos, esta é a primeira vez que alguém ousa levantar uma queixa contra o funcionamento deste lugar", disse a mulher. "E ainda mais uma reclamação contra o padre Tarracha, o mais santo dos sacerdotes. Vem gente de longe lhe tomar a bênção. Os doentes disputam entre si para tocar-lhe as vestes. Sua vida imaculada e os prodígios de sua fé são objeto de admiração que ultrassa nossas fronteiras. E o senhor reclama..."

Sephora balbuciou a desculpa de que se preocupava com a saúde do padre, ali tão imóvel, parecendo tão desconsolado, e sempre preso, como numa gaiola, no pequeno espaço do confessionário. "O senhor há de convir que, se ele apresentasse algum problema de saúde, as providências já teriam sido tomadas. Que pensa? Que eu, a administradora-chefe da paróquia, sou capaz de relaxar em meus deveres? Ademais, mesmo que ele tivesse algum problema de saúde, em que isso lhe diz respeito?"

Sephora, cada vez mais acuado, perguntou se a mulher já tinha visto como o padre ficava no confessionário, a cabeça baixa, o jeito de quem... "Já o vi nessa e em muitas outras situações semelhantes", respondeu a mulher. "Padre Tarracha não é deste mundo. Não se espera que se apresente como o comum das pessoas. Já o contemplei com o cenho transido pelo desespero, como se avaliasse os castigos do inferno, e banhado de beatitude, como se contemplasse a Virgem e ouvisse o coro dos anjos. Em todas as ocasiões, o fiz com devoção e fascínio pelos sinais estampados naquele rosto, como se provocado por uma cirurgia de Deus. Já o senhor, sem dúvida um incréu, preocupado apenas com seus pequenos interesses, vem reclamar do nosso santo homem."

Marino Sephora irritou-se: "Não admito que me chame de incréu." Bateu com o punho fechado no arcaz. "Eu só queria me confessar, e há dias que não consigo", prosseguiu. "Não tenho culpa se não agüenta mais o peso de seus pecados", disse a mulher. "Eles devem ser muitos." Sephora, tomado de fúria, deu-lhe as costas e ganhou a porta de saída. Ainda ouviu, às suas costas: "Sem dúvida, muitos."

O desagradável entrevero não o desanimou. Alguns dias depois, ei-lo de volta à igreja. Não que ainda alimentasse a ilusão de manter algum tipo de comunicação com padre Tarracha (agora, pelo menos, sabia seu nome), fosse no confessionário, fosse em outra situação. Motivava-o a esperança de revê-la, a ela, a moça sem rosto. Era razoável supor que viesse habitualmente aqui assistir à missa, rezar ou confessar-se. Portanto, haveria de voltar. Sephora passava agora cada vez mais tempo na igreja. Sentava-se a um banco, ajoelhava-se, fingia rezar. Às vezes cruzava com a administradora-chefe. Mal-humorada e carrancuda, ela parecia querer atropelá-lo. Assistia a quantas missas pudesse. Havia semanas em que assistia a todas. Até que, um dia...

Um dia, viu entre as pessoas que voltavam da comunhão alguém que parecia ela. O mesmo véu do outro dia lhe cobria agora não só os cabelos, mas inclusive o rosto. Sephora pôs-se de prontidão. Seguiu-a com o olhar. Agora ela devia voltar ao lugar que ocupava na igreja e rezar, como fazem as pessoas ao voltar da comunhão. Não. Ela apressou o passo, como da outra vez, e disparou em direção à saída. Para azar dos azares, Sephora sentava-se no meio de um banco ocupado dos dois lados. Perdeu preciosos segundos — "Com licença, com licença" — abrindo caminho para sair. Um casal que, ajoelhado, rezava, levantou-se com olhares furiosos contra o vizinho de banco de modos inoportunos. Como na ocasião anterior, quando Sephora ganhou a rua a mulher já tinha desaparecido. Mesmo assim ele escolheu um dos caminhos possíveis e seguiu em frente. Percorreu dez quarteirões, corrreu até perder o fôlego. Desistiu. "Será que ela é apenas uma miragem?", perguntou a si mesmo.

Não devia ser uma miragem. Não podia ser, segundo concluiu na oportunidade seguinte, a melhor até então, um dia em que ele chegava à igreja de um lado e ela chegava de outro, sim, só podia ser ela, aquele mesmo andar de gazela, o corpo jovem e esguio quase todo coberto, o véu que desta vez se continha no alto da cabeça. Ela vinha de frente! Quer dizer: avançasse um pouco mais, e Sephora estaria em condições de contemplar-lhe o rosto. A moça não o permitiu, porém. Em vez de continuar direto para a igreja, de repente torceu o caminho e precipitou-se para dentro do táxi estacionado junto à calçada. De novo ela lhe sumia na hora H, desta vez a bordo de um veículo que partiu de imediato. Pelo menos desta vez Sephora acreditou, ou quis acreditar, ter-lhe vislumbrado o rosto, ainda que à distância — e o rosto que viu, ou que julgou ver, ou talvez que inventou ter visto, era belíssimo.

Deste incidente sobraram duas conclusões. A primeira era que estava obcecado — talvez apaixonado — pela moça sem rosto, ou de meio-rosto, como havia se apresentado agora, ou de rosto belíssimo, como ele próprio tinha se figurado. A segunda, e ainda mais importante, é que não era por acaso, não era por azar seu, nem por coincidência, que a moça lhe fugia. A implicância era com ele mesmo. Era ele, e nenhum outro, era ele, e nenhuma outra pessoa ou coisa, que provocava na moça tais reações. Claro! Isso agora se impunha como a mais cristalina das certezas. Se ela vinha aparatada daquele jeito, com véu inclusive, era porque se dirigia à igreja. Claro! Não exibia nenhum jeito de quem vinha para apanhar um táxi e seguir para outro lugar. Vinha à igreja, sim, e então foi ao vê-lo — sim, só podia ser — que resolveu tomar outro rumo. A certeza de que agora era tomado aguçou-lhe a obsessão. Era-lhe absolutamente necessário travar conhecimento com aquela moça. Não lhe interessava mais nada senão aplacar, na descoberta do que ela representava, a ansiedade que lhe obscurecia os sentidos, nada senão realizar nela aquilo que talvez fosse amor. Queria desvendá-la e entregar-se a ela, a ela e seu pecado.

Dias depois, ao deixar a igreja, Sephora viu, parado em frente, o mesmo táxi em que a moça embarcara. Apressou o passo. "Está livre?" Embarcou nele. O motorista aguardou, em silêncio, instruções que não vinham. O cliente, acomodado no banco de trás parecia refletir. "Vamos para onde?", perguntou finalmente. "O senhor se lembra?", começou então Sephora, e passou a descrever uma moça assim e assim, estava vestida assim e assim, tinha um véu, era belíssima... "É difícil", respondeu o motorista. Sephora explicou que ela tomara aquele mesmo táxi naquele lugar mesmo, no dia tal e tal. O motorista franzia a testa, no esforço de ativar a memória. "Não consigo me lembrar." "Ela vinha pela calçada", insistiu Sephora, e como que mudou bruscamente de rumo para correr até o táxi..." "É difícil, o senhor sabe... Sirvo a muitas pessoas." "Mas essa é uma pessoa especial, quem a vê não esquece..." "Temo que eu tenha esquecido", lamentou o motorista. E acrescentou, desconsolado: "Não sou inteligente como o senhor..."

Sephora mudou de tática. "Ela dobrou aquela esquina ali em frente. Vamos dobrar também. Quem sabe o senhor se lembre enquanto rodamos." O táxi pôs-se a caminho. O motorista pensava. "Será que o senhor se refere à moça do colarzinho?" Colarzinho? O motorista apanhou um pequeno objeto no porta-luvas e o estendeu a Sephora. Era um fino cordão, ao qual se prendia um pequeno disco de prata, chato de um lado e abaulado de outro. "Ela tinha isso em volta do pescoço...", explicou o motorista, "E, engraçado..." Sephora interrompeu-o: "Era uma moça muito bonita?" "Para falar a verdade", disse o motorista, "não vi seu rosto." Hesitou, e por fim acrescentou: "Não vi, mas sim, acho que era bonita." "Era ela", concluiu Sephora. "O senhor é capaz de me levar ao mesmo lugar para onde a levou?" "Vou tentar", disse o motorista.

Sephora percebeu que, pelo lado abaulado, o disco de prata se abria, qual um pequeno relicário. Era realmente um estojo em miniatura, cuja tampinha, uma vez destravado o fecho, dava acesso a uma estampa. Que seria aquilo? O desenho era minúsculo, Sephora não conseguia distinguir-lhe os contornos. Aproximou-o da vista, depois afastou-o. Posicionou-o de diversas maneiras, em busca do ângulo mais favorável à iluminação. "Parece, parece... Não, só com uma lupa para distinguir esta estampa", pensou. "Engraçado", dizia enquanto isso o motorista. "Eu vi, pelo espelhinho, quando a moça tirou o colarzinho e o depositou no banco. Não é que ela o tenha esquecido. Tive a impressão de que o largou de propósito." Sephora teve reforçada a convicção de que era objeto de movimentos intencionais da moça. Ela largara o colar no táxi para que ele a achasse, só podia ser.

Chegaram a uma casa de fachada branca e estreita. O motorista avisou que deixara a moça naquele local. Sephora tocou a campainha. Ninguém apareceu, mas seguiu-se um estalido sinalizando que a porta, sem dúvida por obra do controle eletrônico acionado lá dentro, se abrira. Sephora empurrou-a e entrou num hall comprido e vazio. Ali esperou um minuto — ninguém, de novo, apareceu. Avançou então até o fundo, onde uma porta entreaberta anunciava o cômodo seguinte. Abriu-a com cuidado, e, ainda uma vez, deparou com um espaço vazio, estreito e comprido. Continuou avançando, e sucessivamente venceu outros cinco cômodos iguais. Quem via a construção por fora, tão estreita, jamais imaginava que fosse tão profunda. Enfim Sephora ouviu uma voz feminina, "Pode entrar", e viu-se numa pequena sala na qual de um lado havia um biombo, atrás do qual se ouvia o barulho de água, sem dúvida escorrendo de uma torneira, e do outro uma escrivaninha.

"Segui sua sugestão e usei a ratoeira. O resultado foi excelente", continuou a mesma voz feminina, vinda de detrás do biombo. Sim, era ela — a mulher da sacristia. Ato contínuo ela lhe apareceu na frente, ainda enxugando as mãos. "Acomode-se, por favor", disse, apontando-lhe a cadeira em frente à escrivaninha. Ela própria arrastou com dificuldade — o espaço era pequeno — as ancas cadcirudas para o outro lado da escrivaninha e acomodou-se. Mostrava-se gentil. Era como se não tivesse havido a conversa tensa do outro dia. "Eu sabia que um dia o senhor haveria de vir", disse. "Leda fez um bom trabalho."

Leda? Seria aquela em quem Sephora estava pensando? A moça do confessionário, a dona do véu, a fugidia figura que lhe tirara o sono e o sossego? Sephora esboçou uma pergunta para confirmar se a Leda em questão era realmente o acalentado objeto de suas procuras, mas a mulher fez como quem não ouviu. "Apressemos as formalidades. Quando o senhor pode partir?", perguntou, enquanto remexia nas gavetas da escrivaninha. "Partir? Eu..." "O senhor é nosso convidado a Santo Antão", prosseguiu a mulher, enquanto puxava uma pasta da gaveta. "Preciso só anotar aqui seus dados e prever uma data." Por que convidado? Que é Santo Antão? Por que partir? A mulher fez um gesto com a mão espalmada, como a pedir calma. "É inútil prolongar esta conversa", disse. "Lá o senhor terá todas as respostas." Sephora não tinha como discordar. Tinha sido arrastado nesse rumo. Iria a Santo Antão.

XI

O monte Santo Antão tem uma esquisita forma cilíndrica, tão verticais são suas encostas, e tão achatado é seu cocoruto, para quem o vê da aldeia do mesmo nome. Do outro lado é menos íngreme, o que possibilita sua escalada, seja por algumas das estreitas trilhas ancestrais, abertas pelos primitivos povos que habitaram a região, seja por uma mais larga e mais bem cuidada, por onde, pelo menos até metade do caminho, podem trafegar veículos mais fortes como jipes. O cocoruto é rochoso. Quem consegue chegar lá, depois de longa e dificultosa empreitada, em que por algumas vezes se tem de agarrar nos galhos das árvores, e por outras se tem de prosseguir de gatinhas, experimenta um momento de comunhão com os mistérios do infinito e da solidão cósmica. Antes de chegar a esse ponto extremo, daquele lado onde a encosta é menos íngreme, depara-se com um amplo degrau, ou antes um terraço, em forma de meia-lua, onde a natureza generosa plantou uma fonte, e deixou crescer, nos espaços não tomados pela pedra, uma densa vegetação. As árvores, formando um pequeno bosque, por um lado, e, pelo outro, a encosta que, num último arranque, alça-se até o cocoruto, protegem essa área do castigo dos ventos e a tornam um recanto aprazível. Foi ali que escolheu viver, durante trinta anos, e agora agonizava, frei Simão Porcalho.

Era na direção desse santo eremita que a série de bizarros incidentes que se interpuseram em sua vida nos últimos tempos empurrava Marino Sephora.

Simão Porcalho nasceu de família rica, os famosos Porcalho das minas de diamante e das estradas de ferro, e recebeu educação primorosa. Filho único, repousava-lhe nos ombros a responsabilidade de dar continuidade aos negócios da família. Daí ter sido encaminhado às melhores escolas de economia e administração, do país e do exterior. Tão logo encerrou os estudos, assumiu encargos de reponsabilidade na empresa, logo duplicados pela morte súbita do pai, ao cair de uma escada, quando deixava a casa da amante. Era ele agora o número 1 da Porcalho Minas, Caminhos e Indústrias Reunidas (PMCIR), e desde logo revelou um dinamismo e uma vocação para a liderança que a pouca idade e experiência não permitiam supor. Em suas mãos, as empresas cresceram ainda mais e consolidaram uma posição que ia além do domínio dos mercados para estender-se em influência econômica e política.

Havia um problema, porém. O jovem Simão era vulnerável aos agulhões impiedosos do chamamento místico. Acontecia de, em pleno despacho com seus executivos, se ver trespassado por angústias que remetiam às charadas de Deus e à sede de absoluto. Suas noites eram sofridas. Perguntava-se a mais torturante das perguntas, "Quem sou eu?", e ao não encontrar resposta, sentia um frio intenso, que o forçava a cumular o leito de cobertores.

Um dia, Simão aceitou o convite de um grupo de amigos para escalar o monte Santo Antão. Foi o marco divisor de sua vida. Lá em cima, no cocoruto mágico, experimentou a intimidade do cosmos, as carícias da eternidade, e resolveu, para começar, que não voltaria com os amigos. Os outros insistiram, preocupados, mas ele fincou pé na resolução de ficar. Passou ali dez dias em meditação, prece e jejum. À noite descia do cocoruto e, poucos metros abaixo, acomodava-se no terraço da meia-lua. Dormia num leito de folhas de árvore. No 11º dia, desceu com uma resolução tomada: venderia todos os bens e entraria no convento. Magro e sujo como estava, com a roupa rasgada e o tênis furado, dirigiu-se assim mesmo à sede das empresas e convocou os advogados. Para perplexidade geral, ditou o desejo de desfazer-se de todos os negócios — todos — e doar o dinheiro apurado aos pobres. Não adiantaram as reclamações, os choramingos nem as atônitas objeções improvisadas pelos advogados. Ele assim queria, ele era soberano em seu império — e assim foi feito.

Diga-se de passagem que um primo distante contestou as disposições de Simão, o que arrastou o caso para a deliberação da Justiça. A disputa arrastou-se por anos, mobilizou exércitos de advogados e acabou por carcomer quase a metade da fortuna que seria destinada aos pobres. Quantia equivalente evaporou-se pela gestão desastrosa e sem rumo das empresas no período que mediou entre o anúncio da disposição do proprietário e suas efetivas liquidações. Sobrou pouco para os pobres. Sabe-se que um deles conseguiu pintar o casebre com a parte que lhe coube, e outro pagou o parto da mulher, mas, enfim, não é isto o que nos interessa saber. Interessa é que o ex-talentoso e milionário líder empresarial era agora um despossuído franciscano, o último dos últimos, em matéria de bens e confortos deste mundo — mas, em compensação, o primeiro entre os primeiros, em devoção, piedade e sacrifício. Tanto quanto antes nas empresas, também na vida religiosa Simão despontou como um ás, campeão das orações e das mortificações. Não demorou para ser olhado pelos confrades como o melhor deles, aquele em quem se identificava o sinal dos escolhidos. Elevava-se pelo exemplo e fazia discípulos. Se alguém, dentre todos, tivesse de ser o destinatário de uma mensagem dos céus, seria sem dúvida ele.

Singular trajetória, a deste homem. Ao cabo de alguns anos de orações e jejuns, silêncios extremos e radicais isolamentos, ocorreu-lhe a primeira das três revelações que lhe deram fama. E era uma revelação de estarrecer... Frei Simão, ao final de um período de quatro meses em que se retirara a uma clareira na floresta de Canabarro, tomando uma água que inevitavelmente lhe chegava à boca misturada de terra, e permitindo-se não mais do que dois modestos biscoitos ao dia, voltou ao convento e, reunidos os quatro discípulos mais próximos em sua humilde cela, contou-lhes solenemente, com a voz debilitada mas fremente de paixão, os olhos fundos de fraqueza mas iluminados de sabedoria, que... não existia vida após a morte. A morte representava o fim irremediável e definitivo. Essa era a verdade, crua e inapelável, e pensar o contrário era embarcar numa ilusão infantil. Dito isso, frei Simão recostou-se no catre de troncos que consistia na única peça da cela e adormeceu.

Quando acordou, os quatro discípulos ainda ali se encontravam, sentados no chão, entre surpresos e amedrontados. Perguntaram-lhe se a revelação representava para ele o fim da fé e da vida religiosa. Frei Simão abriu o sorriso beatífico que tanto confortava os interlocutores. "E por que seria assim?", disse. "Pensem: por que seria assim?" Não, muito pelo contrário, acrescentou, a revelação lhe trazia um motivo a mais para perseverar na fé e nos rigores da vida que escolheu. Os discípulos entreolhavam-se atônitos. Frei Simão argumentou que era intoleravelmente oportunista levar uma vida de privações terrenas e serviços ao Altíssimo esperando ganhar, em troca, uma eternidade de bem-aventurança. Quem assim procede faz nem mais nem menos do que uma vulgar barganha. Ou um desonroso investimento. Ao contrário, renunciar ao mundo mesmo sabendo que não há outro depois, sacrificar-se sem esperar compensação nem indenização — eis a verdadeira renúncia e o verdadeiro sacrifício. Tal entendimento o fortalecia na decisão de prosseguir na santa via que era a sua.

A revelação dividiu os frades e abriu crise no convento. A primeira reação dos superiores foi no sentido de expulsar o irmão antes tão amado, mas agora perigoso como uma bomba escondida sob os fundamentos da boa doutrina. Como fazê-lo, porém, se era figura tão amada, cuja fama de santidade espalhava-se pela região? Como fazê-lo, sem provocar escândalo? Tentou-se, em numerosas incursões à beira do catre do santo homem, demovê-lo de sua nova e indecorosa convicção. Às vezes invadiam sua cela grupos de três ou quatro, para, com leque maior de razões e mais força numérica, tentar dobrá-lo. Chamou-se um renomado teólogo de fora, para argumentar com frei Simão. Mas ele não argumentava. Há muito superara a fase da argumentação. Apenas sorria seu sorriso beatífico.

Arriscou-se outra manobra. Frei Simão poderia continuar com sua crença, desde que a mantivesse em segredo. Ele continuou sorrindo. De resto, era uma proposta tola, pois a revelação de frei Simão já se espalhara para fora do convento. E o pior é que ganhava adeptos. Muitos, claro, ele escandalizou e afastou. Mas conservou não poucos, e ganhou novos, transidos ainda mais de admiração por aquele homem que se entregava a uma vida de penitência sem esperar nada em troca. Afinal, partiu do próprio frei Simão a solução do impasse. Ele se retiraria, pela própria vontade, do convento. Escolheu outro lugar para continuar suas práticas piedosas e sua busca das verdades últimas. Este lugar foi o monte Santo Antão, sagrada sede da revolução interior que lhe dera um rumo na vida. Construiu uma cabana no terraço em forma de meia-lua para proteger-se da intempérie e ali se instalou com sete fiéis seguidores.

Logo, o monte Santo Antão virou lugar de peregrinação. Procuravam o santo homem até os enfermos e os estropiados. Um serviço de transporte, em cadeirinhas puxadas por duplas de carregadores, foi posto à disposição dos que não conseguiriam por si sós galgar o morro. Não importa que a mensagem de frei Simão não incluísse a vida eterna. A evidente singularidade daquele ser, dotado de uma superioridade de espírito que se impunha ao primeiro contato, bondoso, sábio e iluminado, sugeria que fosse capaz de prodígios. Ele não se recusava a dar a bênção e dirigir uma palavra aos que o procuravam. Muitos se sentiam consolados, alguns até se diziam curados. No afã de conferir um mínimo de organização à demanda crescente pelos serviços do frade, convencionou-se que às quartas-feiras ele se disporia a uma audência pública de três horas. Mais e mais gente — cinqüenta, cem, duzentas pessoas — reuniam-se nesse dia sobre o cocoruto de pedra do morro, onde o santo ora os recebia um a um sentado numa cadeirinha de lona, ora lhes dirigia coletivamente a palavra, de pé sobre um penhasco que se projetava, mais alto, sobre a superfície onde se reuniam os fiéis.

Numa dessas quartas-feiras, enquanto fazia sua pregação, o corpo esquálido mas miraculosamente rijo equilibrado sobre o penhasco, o rosto escavado e marcado pelas olheiras em contradição com a voz forte e nítida, saiu-lhe, sem mais nem menos, carente de qualquer espécie de preparação, aquela que viria a ser conhecida como "a segunda revelação". O vento soprava forte, nesse dia, esvoaçando a pobre túnica que tinha como única peça de vestuário. Nuvens negras cobriam o céu. "Deus tudo pode e a tudo vigia", começou dizendo, "está em toda parte e em lugar nenhum, ocupa a totalidade do tempo e estende-se pela totalidade do espaço, é perdão mas também castigo, é amor e bondade mas também susto e temor, é tudo isso, e também seu contrário, por uma simples razão: Ele não existe." O vento uivou, nessa hora, assustador, e poucos ouviram esta última parte. Ele então repetiu: "Deus não existe." E disse de novo, sem nenhuma dramaticidade, como se ensinasse a mais batida das lições: "Deus não existe, esta é a mensagem que hoje tenho a lhes transmitir, e que espero lhes sirva para enrijecer o coração e melhor orientar a vida." O vento parou, as nuvens começaram a se dissipar.

Se antes o ambiente, naquele alto de morro já de si intimidante, era de perturbação e sobressalto, agora reinava a calma e a harmonia. Em retrospecto, alguns dos presentes, mais dados a aceitar as intervenções do sobrenatural, diriam que o próprio céu se iluminou e saudou a revelação do santo homem. Com o tempo a história passou a ser transmitida com tintas cada vez mais carregadas. Dizia-se que caía a tempestade e que o vento ameaçava varrer os fiéis do alto do morro e que subitamente, depois da revelação, a chuva parou, o vento estancou, surgiu o sol e fez-se um radioso dia. O certo é que as pessoas, nesse dia, desceram o morro em paz consigo mesmas.

Nem todos, claro, aceitaram a segunda revelação. Houve fiéis que abandonaram o profeta. Até entre os discípulos mais chegados houve dissenso. E, na hierarquia eclesiástica, o escândalo desta vez foi definitivo. Frei Simão não só foi expulso da ordem, como excomungado. O curioso, porém, é que, se alguns dos adeptos o abandonaram, outros, mais numerosos ainda, vieram, como da outra vez, engrossar as fileiras de adoradores. Contra as mais severas vociferações dos adversários, frei Simão só tinha como resposta seu sorriso beatífico. Era agora um homem ainda mais admirável. Não só não esperava a vida eterna como tinha riscado Deus de seu sistema — e no entanto continuava o santificado campeão das mortificações e penitências, do amor ao próximo e da oferta de si mesmo. "Não quero ser confundido com alguém que faz o que faz porque um Deus o obriga a fazê-lo", dizia. "Demorou, mas me libertei."

"E qual é a terceira revelação?", perguntou Marino Sephora. Ele chegara naquela tarde ao morro de Santo Antão. Tomara um banho, na pousada levantada no terraço da meia-lua, a poucos metros da cabana de frei Simão, e agora, numa das mesas do pequeno refeitório, ouvia de um dos discípulos a história do santo homem. "A terceira não vou contar. Tenho esperança de que você possa ouvi-la da boca de nosso próprio mestre e guia." Frei Simão estava muito doente. Já havia semanas que não deixava a cabana. Na maior parte do tempo, dormia. Mas tinha momentos de lucidez, em que era capaz de encetar uma conversa breve. Sephora levantou-se e foi até a janela. Atravessando o gramado, em direção ao pequeno bosque ao fundo, caminhando rápido, quase correndo, na ponta dos pés descalços, o vestido branco que lhe cobria o corpo desfraldado à suave brisa daquele magnífico dia de abril... quem era? Sim, ela, a moça do confessionário. Antes de sumir por trás das árvores, ela virou o rosto furtivamente para trás e, apesar de o onipresente véu embaralhar-lhe os traços, Sephora ficou com a impressão de que ela lhe sorria. "Leda!", pensou. "Quando a verei?"

A visita a frei Simão ficou marcada para o dia seguinte. Nessa noite, em seu quarto, Sephora tirou da mala o colarzinho que guardava com tanto cuidado, abriu o pequeno relicário de prata e pôs-se a examinar com uma lupa a estampa que lhe decorava o fundo. Identificou dois olhos grandes e muito redondos sobre um bico adunco. Uma coruja! Sim, uma coruja, como aquela que, naquele dia fatal, supusera identificar escondida entre as dobras do manto do Cristo, no quadro que decora a parede vizinha ao confessionário! Como que tomado por uma súbita urgência, Sephora deixou o quarto correndo, ganhou o gramado e tomou a direção do bosque. "Leda", chamava. "Leda!" Estava tudo muito escuro, no entanto, e desistiu. Ao regressar à pousada, ofegante, o discípulo o esperava na porta. "Calma", disse-lhe, com a mão pousada em seu ombro. "Você está muito ansioso. É normal, depois de um dia todo de viagem. Amanhã tudo vai se aclarar."

A passos suaves, conduzido pelo discípulo, que a toda hora, dedo sobre os lábios, lhe recomendava silêncio, Sephora penetrou, no dia seguinte, logo cedinho, na cabana de frei Simão. O santo dormia. O discípulo lhe indicou um caixote ao lado do catre e Sephora sentou nele. "Mestre", soprou o discípulo ao ouvido do frade, e ele abriu os olhos. Dava para perceber que o corpo, debaixo do simples lençol que o recobria, era só osso. As feições quase já lhe sumiam do rosto, mas o olhar era sereno, e ele sorriu. "Mestre", disse o discípulo, "este é um convidado muito especial..." A frase ficou pela metade porque frei Simão fechou os olhos e parecia de novo dormir. "Mestre", insistiu o discípulo, depois de um intervalo, "nós lhe prometemos a terceira revelação..." Frei Simão pronunciou, com uma voz fraca, "Não creio porque é absurdo", e voltou a dormir. Esperaram mais um tempo, contemplando a respiração pesada do santo, até que resolveram sair. "Você terá outros meios de conhecer a terceira verdade", disse o discípulo. Nesse momento, de novo, surgiu ela, cruzando o gramado em direção ao bosque. Ia a passos rápidos, como das outras vezes, mas agora levantava o braço, como a dizer: "Venha." "Vai", disse o discípulo, e Sephora saiu em sua perseguição.

A moça embrenhou-se bosque adentro, Sephora atrás dela. Ele ia como que encantado, os movimentos automáticos, o deslumbramento estampado no rosto. Chegou a uma pedra que repousava junto às raízes de um pinheiro, como que engastada nele, e ouviu uma voz que ordenou: "Sente aí." Era a voz dela, aquela voz gravada tão fortemente em sua memória, mas ela não estava à vista. Escondera-se atrás das árvores. Sephora sentou-se na pedra. "Nosso santo homem vai morrer hoje", começou ela. "Ele já cumpriu sua missão. Não precisamos mais dele."

"Leda!", chamou Sephora. Ela ficou em silêncio. "Leda, por que você me foge sempre?" Ela prosseguiu, como se não o tivesse ouvido: "Não precisamos mais de mestres, nem de guias. E foi ele quem nos ensinou isso." "Leda", repetiu Sephora, "quando a alcançarei?" Ele olhava para o lado de onde vinha a voz temeroso de que, mais uma vez, ela lhe escapasse. "Você já sabe alguma coisa, mas não sabe tudo", retomou a moça. "Ah, sim, a terceira revelação", disse Sephora. "A terceira é a mais importante, e eu o escolhi para conhecê-la...", disse ela. "Você me escolheu?", perguntou Sephora. "Isso me enche de alegria." Ele ameaçou levantar-se e dirigir-se ao lugar de onde vinha a voz. "Fique onde está", ordenou ela. "Eu o escolhi", prosseguiu, "porque identifiquei em você alguém capaz de enfrentar o sacrifício e o desafio de viver a própria vida."

Ele voltou a sentar-se na pedra. "Fico tão feliz de ouvir sua voz de novo, depois de tanto tempo", disse ele. "A terceira revelação", prosseguiu ela, "pode ser enunciada muito simplesmente, com as seguintes palavras: só existe um pecado." "Só existe um pecado?", perguntou ele, desconcertado. "Só existe um pecado, e quem não souber disso, coitado, terá jogado fora a vida." Ela fez uma pausa, depois completou: "Ou melhor, terá jogado fora a si mesmo." "Claro", disse ele. "Como não pensei nisso antes?" Neste momento ela saiu de detrás das árvores e veio, bem devagar, na direção dele. Trajava a mesma roupa branca que lhe cobria até os pés descalços. O rosto escondia-se sob o véu. Quando chegou diante dele, agarrou o véu nas duas pontas, uma em cada mão, e ergueu-o lentamente, até descobrir o rosto por inteiro. Era realmente belíssima.

XII

Releve o leitor o desvio. Releve, de acréscimo, a redundância, o chover no molhado que terá sido, para a maioria, sintetizar o arquiconhecido enredo de A Busca Vã da Imperfeição. Releve, por último, que isso tenha sido feito de modo tão tosco, em comparação com o original, sem as sutilezas características de seu criador, nem a segura condução narrativa, muito menos o estilo inconfundível. Para tanto seria preciso reencarnar Bernardo Dopolobo — e consegui-lo quem haveria de? Acresce que aqui se impunha resumir em dois capítulos um livro de quase quinhentas páginas. Mesmo que se quisesse, e se fosse capaz de fazê-lo, seria impossível, pela pura e simples limitação de espaço, reencenar as conquistas, percalços e paradoxos inerentes ao desafio de viver com a mesma grandeza do original, nem explorar, com a mesma argúcia, a complicada engenharia dos desejos e ansiedades humanas.

Se aqui se resumiu a espinha dorsal de A Busca Vã foi em honra à minoria dos que não leram o livro, ou dos que, tendo-o lido, já não o guardem vivo na memória, apesar das citações freqüentes, das referências a situações e a seus personagens nos mais diversos ambientes e nos mais diferentes veículos, bem como da audiência recorde das três adaptações para a TV, ou da premiada versão cinematográfica levada a efeito com elegância pelo saudoso mestre italo-eslovaco Dino Kovak. Julgou-se necessário recapitular o entrecho para que aos poucos desinformados não escapasse a compreensão do modo como Adolfo Lemoleme urdiu o segundo volume de sua caudalosa biografia de Bernardo Dopolobo.

Sim, Lemoleme não desanimou. Foi traumática a experiência de ter a própria biografia publicada por seu biografado. Foram chocantes certos incidentes que se seguiram. Naqueles dias em que caiu de cama, até pesadelos em que se via sitiado por bandos de aves ferozes o acometeram — aves cujos estrídulos insuportáveis forçavam-no a tapar os ouvidos em desespero, para logo depois deslocar as mãos às nádegas, tão real era a sensação de ser alvo de doídas bicadas. Mas Lemoleme, já sabemos, tinha na persistência uma das maiores, senão a maior, de suas virtudes. Nem coisa pior o faria desistir. Ainda mais que ganhara fama e prestígio, e até começava a ganhar dinheiro, como biógrafo do mais prestigioso escritor de seu tempo, e que reinava considerável expectativa em torno da continuação da obra, maior ainda depois da "travessura" de Dopolobo, como houve quem qualificasse o feito inédito de biografar o biógrafo.

Bernardo Dopolobo — Uma Vida (Parte 2) iniciava-se com o romancista em crise. Fazia mais de ano que não escrevia, e isso, para quem se acostumara a não passar um dia sem ao menos uma página, era motivo de quase pânico. Doía-lhe ainda a morte de Jurema Melo. Dopolobo isolou-se na praia de Carauê, que, para quem não sabe, só é alcançável a quem se dispõe a percorrer estreita trilha no meio do mato, primeiro morro acima, depois morro abaixo. Não mais que meia dúzia de casas de pescadores erguem-se no local, apertadas entre a faixa de praia, de branquíssima areia, e a verde encosta do morro. Ele alugou uma, desocupada pelo dono quando este decidiu tentar a sorte na cidade, como operário da construção.

Lemoleme descrevia de maneira muito vivaz, até pungente, o artista na hora do impasse. Não que Dopolobo renegasse tudo o que escrevera até então, um acervo que já lhe rendera fama e respeito. Mas sentia-se numa encruzilhada. Era hora de superar-se ou entregar os pontos. Em Carauê, voltou a dedicar-se à natação como nos tempos da juventude. A cada manhã, fazia e refazia o percurso de uma ponta a outra da enseada de águas tranqüilas. No fim da tarde, repetia a dose. Não só recuperou uma forma física que há muito não ostentava, como compensação às mágoas morais, como o ato de nadar por horas a fio aprofundou-lhe a introspecção. "Por que escrever?", perguntava-se, a cada braçada. "Para que escrevo?" As perguntas se faziam mais fortes, mais prementes e insistentes, quando estava dentro da água, o céu em cima e o mar embaixo, ele como solitário e indefeso recheio entre a magnitude de um e de outro.

Deixou-se mesmo arrastar por pensamentos escusos. Tanta vida o cercava, tanta luz, vinda do céu radioso, e tanta promessa de renovação, do mar incessante, e no entanto — pensava — uma braçada que deixasse de executar, uma simples recusa a prosseguir na cadeia de movimentos que o mantinham à tona... bastaria isso, muito pouco, e ele seria tragado para o bojo escuro e imenso no qual os oceanos escondem essa categoria de mortos de primitivo mistério que são os afogados. Como seria fácil!

Um dia, quando já cansara de nadar e saía do mar, a água pelo joelho, caminhando em direção à praia, subitamente parou. Contemplou a praia, as árvores que, ainda no nível do mar, formavam a linha de frente da mata, que logo se estenderia pela encosta do morro acima, redirecionou a vista até a ponta de pedra que fechava um dos lados da enseada. Não soprava a mais leve brisa. Uma gaivota cruzou o céu. Ele considerou a natureza, em sua irritante e estúpida indiferença, e naquele momento foi fulminado pela resposta que procurava. Não havia nenhuma, absolutamente nenhuma razão para escrever. As coisas são simples assim na vida. Não há razão para nada. Por isso mesmo o sol nasce, as plantas crescem e os bichos procriam.

Voltou correndo para a cabana, e se pôs a escrever desesperadamente. Compôs um longo texto cujo tema era a inexorabilidade do fim, e a conseqüente inutilidade de encontrar consolação para a morte. Não sabia ainda no que aquilo se transformaria. No dia seguinte, voltou para a cidade. Retomou o texto que iniciara na praia. Aquilo virou *Sexo É para Desocupados*. Iniciava-se o que os críticos chamariam de "a fase de ouro" de Bernardo Dopolobo.

Não é à toa que Lemoleme intitulou o capítulo em que narrava esses fatos *A Subida de Santo Antão*. Ele equiparava Bernardo Dopolobo a Marino Sephora. Assim como este fora em busca de suas verdades no morro onde habitava o santo frade Simão Porcalho, assim também aquele se dispusera a procurá-las no retiro de Carauê, mais especificamente no meio do mar, na solidão do nadador espremido entre si mesmo e a impassível brutalidade da natureza. À diferença de Sephora, ele não tivera um Simão Porcalho (ou uma Leda) a intermediar-lhe as descobertas. Em compensação, tivera o mar e o céu, a praia, o morro, e até uma gaivota a cruzar os ares no momento decisivo. À semelhança de Sephora, a experiência lhe rendera uma revelação que lhe mudaria a vida.

Depois que *Sexo É para Desocupados* foi publicado, Bernardo Dopolobo recebeu a carta de uma leitora que o censurava por tê-la "desencaminhado" (a palavra era essa). "A leitura deste livro deveria ser proibida para as mulheres", dizia. "Eu, que me julgava curada das tentações do romantismo, sucumbi. Você me desassossegou (a palavra era essa)." Assinava a carta a "Dama das Camélias".

Bernardo Dopolobo respondeu para o endereço da remetente, acusando-a de ter lido mal o livro, "irremediavelmente mal". Nada de romântico, segundo argumentava, haveria nele. A "Dama das Camélias" foi à tréplica: "Quem é você para determinar o modo como devem ser lidos os seus livros? Se quer mantê-los na virgindade das intenções com que os concebeu, então não os publique. Que decepção! Onde eu julgava divisar uma alma libertária, encontro um cão de guarda da própria obra! *Vergognati! Vergognati!*"

Bernardo Dopolobo estava gostando da Dama das Camélias. Na carta seguinte, lamentou a existência de leitores. "Ah, como seria bom um mundo em que eles não existissem! Como seria serena a vida de um escritor, se pudesse prescindir deles!" Assinou: "Com amor, Bernardo Dopolobo." A Dama das Camélias replicou que poderia responder com uma grosseria, equiparando os escritores que se satisfazem consigo próprios às pessoas que, nas práticas sexuais, preferem prescindir de parceiros, mas sentia-se enternecida demais pelo "com amor" da última missiva. Tão enternecida e vulnerável se encontrava ("É o efeito de *Sexo É para Desocupados* no meu frágil coração") que desta vez assinava o próprio nome: Felícia Faca. Já se sabe o resto: o encontro, o retrato com Sir Richard nos braços, o beijo.

Lemoleme descrevia em detalhes a gênese da obra seguinte. O primeiro ato tem lugar na concorrida igreja da Virgem do Pilar, junto ao cemitério da Recoleta, na qual um Bernardo Dopolobo sempre inquieto em suas andanças pelo mundo, e sempre curioso pelas obras de arte, ainda mais quando elas conduzem a esse desvão do espírito humano entre o êxtase e o abismo, a plenitude e o desespero, que é o sentimento religioso, se encontra, num determinado dia de verão, detido na contemplação da escultura de São Pedro de Alcântara existente logo à entrada, à esquerda. São dez horas da manhã, e nesse dia, fugindo à regra — talvez pela hora matinal, imprópria para os turistas —, a igreja recebe pouca gente. Sorte de Dopolobo, que tem assim a oportunidade de contemplar sossegado, sem o atropelo de ombros a apertarem-se junto aos seus, ou de nucas a obstacular-lhe a visão, o magnífico Pedro de Alcântara, descarnado como árvore no outono.

De repente, o escritor ouve às suas costas, dita numa voz docemente paternal, uma frase em que distingue as palavras "Cristo", "esperança" e "arrependimento". Vira-se e depara com um padre que, no confessionário, sem o cuidado de fechar a cortina nem de baixar a voz, confessava um menino metido num uniforme escolar. Outros meninos, poucos metros atrás, esperavam, sentadinhos lado a lado, vergando o mesmo uniforme de calças curtas, as perninhas balançando no ar, a vez de também se confessarem. Não só

Dopolobo, como principalmente os meninos, situados mais próximos, estavam em condições de ouvir pelo menos a parte do padre, no diálogo que se travava no confessionário. O escritor acompanhou a cena com ternura, lembrando do tempo em que ele também, nas festas religiosas, era levado com a classe a confessar, em preparação para a comunhão, no dia seguinte. Logo esqueceu o assunto, e voltou a contemplar o São Pedro de Alcântara, focando agora a atenção nos pés, os magros e impressionantes pés barrocos que, por si sós, traduzem a utopia franciscana das delícias da penúria. Não ouviu, nem se interessou em ouvir, mais nada da confissão do pequeno pecador.

A cena voltou-lhe na hora de dormir. E se, no lugar do menino, alguém estivesse a confessar um tenebroso crime, e o padre reagisse da mesma forma descuidada, traduzindo seu espanto e tecendo comentários em voz audível, além de forçar o interlocutor a expressar-se no mesmo tom? Estremeceu. Seguiu-se a lembrança de que, em seus tempos de menino, feita a confissão, na véspera, o desafio — e que desafio — era preservar-se de coração puro até a comunhão, no dia seguinte. O intervalo cruel e interminável entre a confissão e a comunhão, durante o qual impera a exigência de santidade, era excruciante. O pequeno Bernardo fechava os olhos e lhe vinham pensamentos sujos. Blasfêmias martelavam-lhe os ouvidos. E se tivesse de novo incorrido em pecado? Se comungasse assim mesmo, estaria sujeito à horrível danação dos que recebem o santo sacramento de alma manchada. Se, ao contrário, se recusasse a comungar, por julgar-se em estado de pecado, isso equivaleria a expor-se como irremediável transgressor, incapaz de manter-se sem faltas, ainda que por breves horas.

A volta dessa esquecida aflição sugeriu-lhe um tema. Bernardo Dopolobo explorou-o num conto, *A Hora do Besouro*, primeiro publicado na revista *Senhor* e mais tarde enfeixado na coletânea intitulada *O Mestre-de-Cerimônias do Purgatório*. Mas, enquanto escrevia essa história, ressurgiu-lhe com força a cena presenciada na igreja de Nossa Senhora do Pilar, e deu-se conta de que o que nela realmente havia de extraordinário era o fato de uma confissão estar sendo realizada em voz audível. Na verdade nem era tão audível. Mas, a um inventor profissional de histórias, desenrolar o fio de conseqüências possíveis de um fiapo de episódio, como esse, não é senão obrigação. Não, ele não inventaria a confissão de um crime horroroso. Seria vulgar, além de desagradável. Fácil demais. Em vez disso veio-lhe de estalo o entrecho todo de *A Busca Vã da Imperfeição*. Encontrara o jeito, o formato, a roupagem, para dizer umas tantas coisas que há tempos amadureciam em seu espírito.

A escolha do local para onde frei Simão Porcalho se recolheria, depois de expulso do convento, Lemoleme a recapitulava desde a primeira visita que Dopolobo e Felícia Faca fizeram à Chapada dos Simples, uma de cujas atrações é o monte Santo Antão. Felícia o conhecia de longa data. Lá experimentara seus primeiros triunfos nos desafios do montanhismo. Ela insistia com Bernardo em que devia conhecer o lugar, tão estranho na forma, segundo dizia, quanto fascinante no mistério.

Um dia enfim empreenderam a viagem, galgando, num jipe alugado, até onde foi possível, as curvas sinuosas que percorrem a face menos íngreme do morro, e embrenhando-se em seguida, a pé, pelas picadas que dão acesso ao terraço da meia-lua e dali ao cume. Lá em cima, aproveitando a luz de um generoso fim de tarde, Felícia fez, em seqüência circular, uma série de fotos que depois, juntadas e trabalhadas em laboratório, reproduziam a vista de 360 graus de montanhas, quedas e cursos d'água, vales e pequenas aldeias que aquele ponto privilegiado propicia. Ao voltarem ao terraço, Felícia comentou: "Que belo lugar para erguer uma pousada." Dopolobo pensava em outra coisa: "Que belo lugar para ambientar uma história." Pensava em "uma história", qualquer uma. Não lhe viera ainda a história do santo frade.

Bernardo Dopolobo voltou a Santo Antão, de novo com Felícia, agora com o propósito de estudar o local em minúcias, já quando escrevia *A Busca Vã*. A seu pedido, a companheira tirou fotos do terraço em todos os ângulos. Uma delas, enfocando-o de cima do cocoruto do morro, e ampliada, seria pendurada sobre sua mesa de trabalho, onde faria as vezes de um mapa, a lhe dar as coordenadas da movimentação de frei Simão Porcalho, de Marino Sephora e de Leda pelo local. Lemoleme aproveitava para informar que essa mesma foto, depois de publicado o livro, e no rastro de seu enorme sucesso, serviria de fundo a um artista gráfico brasileiro para nela implantar a fictícia cabana de frei Simão e a fictícia hospedaria dos visitantes. Com o característico amor à minudência, o biógrafo acrescentava, numa nota de pé de página, que tal trabalho até hoje decora uma das paredes da livraria Argumento, na cidade do Rio de Janeiro.

Foi nessa ocasião que, na descida do morro, deu-se o acidente que vitimou Dopolobo. Chovia fino, e Felícia dirigia o jipe, outra vez alugado, em que faziam o percurso. Numa curva, ela perdeu o controle da direção e o veículo bateu com violência numa árvore, atingindo em cheio a porta junto à qual Dopolobo viajava. Como compensação ao infortúnio, ele encontraria no bondoso olhar de dona Eufrásia, a enfermeira que o atendeu, nuanças que aproveitou na descrição do olhar de frei Simão.

Não é o caso de repassar aqui, livro por livro, a circunstanciada história da obra de Bernardo Dopolobo levada a efeito por seu biógrafo. Nem o de relembrar, cena por cena, a riqueza com que reconstituiu a vida do biografado. Registre-se apenas que igual atenção era dedicada pelo biógrafo à gênese e elaboração de *Os Profissionais da Sofreguidão*, este livro em que os mais precipitados identificaram sinais de decadência, mas que a revisão crítica dos últimos anos situa no lugar que realmente merece, que é entre as obras da fase de ouro do grande romancista.

Esse livro, injustamente pouco lido, em comparação com os demais do mesmo autor, tem como personagem central um lutador de boxe homossexual cujo maior desejo é fazer uma operação para virar mulher. É por isso que começa a lutar: para juntar o dinheiro necessário à cirurgia. Treina com afinco, aperfeiçoa-se cada vez mais e, de conquista em conquista, acaba atingindo o pódio dos campeões. No caminho, angaria uma fortuna capaz de dar conta não de uma, mas de várias operações de mudança de sexo. Mas — ironia das ironias —, na mesma medida em que lutava para mudar o corpo, também o tornava cada vez mais musculoso e viril, e dessa forma cada vez menos adequado a uma operação que viesse a convertê-lo às formas femininas. Lemoleme, nos parágrafos de apreciação crítica que dedicou à obra, a remetia à chave certa — a da luta de um ser humano para mudar de identidade, ao mesmo tempo que contraditoriamente cada vez mais se afunda na antiga. É a história de um paradoxo desenhado pelo destino. No livro de Dopolobo, como na vida real, tal situação termina em frustração e tragédia.

Quanto à reconstituição da vida do escritor, fique consignada a delicadeza com que Lemoleme tratou a sucessão, no coração do biografado, de Felícia Faca por Veridiana Bellini. Na hora de dormir, no mesmo dia em que saiu com Veridiana pela primeira vez, Bernardo Dopolobo passou um bom tempo na janela do quarto, a olhar o movimento na rua, lá embaixo, enquanto Felícia, já deitada, entretinha-se com um livro. A certa altura ela deixou o livro de lado e ajeitou-se para dormir. "Espera", disse Dopolobo. "Tenho algo a lhe dizer." O honesto parceiro que o escritor sempre foi não suportava a tensão de ter o pensamento ocupado por uma mulher e deitar-se com outra. Contou a Felícia o encantamento que experimentara desde que primeiro contemplara a jovem, de perfil. Felícia nada disse, embora, mal iniciado o relato, uma sombra já lhe marcasse a face. O relato estava a meio caminho e ela já levantara da cama e juntara as roupas numa sacola. Nem terminara, e ela já deixava o apartamento. Dopolobo voltou à janela e viu-a saindo do prédio. Ela fez sinal para o primeiro táxi e embarcou. Não olhou para cima. Dopolobo sabia que ela chorava. Ela não queria que ele soubesse.

A última parte do novo volume de Lemoleme era dedicada à fase em que ele próprio surge na vida de Bernardo Dopolobo, com o propósito de escrever-lhe a biografia. Biógrafos em regra devem manter-se ausentes de suas obras. Trata-se não só de um cuidado contra o risco de atirar a narrativa para fora dos trilhos, mas até de um imperativo ético. Mas, nesse caso, como evitá-lo? Quanto mais não fosse, Lemoleme teria de abordar *A Catedral Invertida* — que, se não se inscrevia entre os melhores, era o mais falado dos livros de Dopolobo dos últimos tempos. Desde a publicação desse livro, ele, Lemoleme, não era mais um biógrafo como os outros. Seu biografado, ao fazer-se ele próprio biógrafo, derrubara o biombo atrás do qual se recomenda se escondam os autores de biografias. Bernardo Dopolobo puxara-o para dentro de sua vida. Convertera-o num biógrafo enganchado na vida do biografado, assim como o peixe se engancha no anzol.

Tal estado de coisas obrigava-o a detalhar desde o início a relação entre ambos. Quanto à forma como se introduziria no livro, Bernardo Dopolobo já resolvera o problema para ele — a exemplo do mestre, se dispensaria o tratamento da terceira pessoa. Assim, nessa parte do livro, os leitores ganhavam a companhia de um certo "Adolfo Lemoleme", no início um "jovem e obscuro professor", páginas adiante "o autor de uma celebrada biografia do maior escritor de seu tempo".

Havia passagens confessionais como, antes, haviam sido as de Dopolobo em *A Catedral Invertida*. "Adolfo Lemoleme sentia-se ainda mais desajeitado e inferior diante do olhar firme de Bernardo Dopolobo", dizia uma delas. E outra, referente ao período posterior à publicação do primeiro volume da biografia: "O sucesso fez bem até fisicamente a Adolfo Lemoleme. Ele não era mais o jovem cujos ombros jogados para a frente como que tentavam fechá-lo numa casca de ostra. É bem verdade que a natação, mais uma prática em que procurava emular o mestre, ajudava. Mas foi sobretudo o sucesso que, ao vitaminar-lhe a auto-estima, estufou-lhe o peito e levantou-lhe o queixo." Em outra passagem, afirmou que "Adolfo Lemoleme" nutria, por Dopolobo, uma admiração "infantil e infantilizadora", que não dizia respeito apenas à obra, mas, talvez mais ainda, à vida do grande romancista. "Queria-a para ele", escreveu.

Bernardo Dopolobo — Uma Vida (Parte 2) foi recebido com aprovação entusiástica de crítica e público. As vendas bateram recordes. Editores estrangeiros disputavam com lances milionários os direitos de tradução. Em três semanas, o livro já vendera mais do que *A Catedral Invertida* em toda a sua carreira.

A comparação vai a título de curiosidade, sem a intenção de jogar um livro contra o outro. Mesmo porque aqui se apresenta um disjuntiva de difícil solução. O sucesso de uma biografia consagra de preferência o biógrafo ou o biografado? *A Catedral Invertida* vendeu menos do que *Bernardo Dopolobo — Uma Vida* porque o público prefere Dopolobo ou porque, ao contrário, tomou-se de amores por Adolfo Lemoleme? Caso se queira condimentar o tema com uma pitada de erudição, recorde-se a famosa biografia do doutor Samuel Johnson por James Boswell. Ela mais realça Johnson, como o sábio incomparável de seu tempo, ou Boswell, como o mago que alçou seu personagem a patamar maior do que o que lhe coube na vida real? Bernardo Dopolobo, em todo caso, não considerou o lado que lhe era favorável, quando, num momento de irritação, desabafou: "Esse menino faz sucesso trepado na vida de outro. Persegue a glória num cavalo de aluguel!"

A crítica elogiou especialmente a parte final, em que Adolfo Lemoleme "corajosamente" (o advérbio foi empregado com prodigalidade, em diferentes manifestações) atirou-se para dentro do livro, aceitando o "jogo de espelhos" (a expressão foi de Luíza Malvina, a decana da corrente chamada "visceral" de nossos estudos literários) que lhe propôs Bernardo Dopolobo quando, de biografado, se fez biógrafo. "Lemoleme interpôs-se na biografia de Dopolobo não por jactância", acrescentou a sempre lúcida Malvina, "mas porque, ao descrever o efeito da convivência com o biografado sobre a sua pessoa, lança uma luz reflexa que ilumina desconhecidas facetas da personalidade do mestre."

Outro pilar da crítica, o grande Conrado Heinenhoff, chefe de fila da linha dita "cósmica", concordou com Luíza Malvina, sua histórica adversária, sobre as excelências da obra, destacando igualmente (milagre de convergência!) a parte final. Heinenhoff considerou que o autor, "num misto de ato de bravura e golpe de virtuose", comportou-se como "fino tecelão", ao manipular ao mesmo tempo "os fios da história de Dopolobo e de sua própria história, os do livro que escrevia sobre o romancista e de seu labor ao escrevê-lo, sem permitir que o todo se emaranhasse num novelo obscuro e inextricável".

O próprio Bernardo Dopolobo, se em privado permitiu-se desabafos irritados, em público elogiou o trabalho do biógrafo. "Só tenho motivos para ficar satisfeito", disse, numa entrevista ao jornal *Tempo e Tema*. Ele admitiu que jamais lhe ocorrera a aproximação entre as inquietações e procuras do Marino Sephora de *A Busca Vã* e as suas próprias, no período tormentoso de seu refúgio na praia de Carauê, mas acrescentou que, pensando bem, Lemoleme talvez tivesse razão. "Será que ele sabe mesmo mais sobre mim do que eu mesmo?", perguntou, e nesse ponto o editor da entrevista anotou, entre parênteses: "risos". Em seguida o romancista acrescentou: "Isso me preocupa", e a esta frase não se seguiu nenhuma observação de que tivesse sido dita entre risos.

Lemoleme tinha agora um nome consolidado, na primeira linha no panorama literário. Talvez seja exagerado dizer que atingira este estado de graça, para os seres de sua espécie, chamado de glória literária, mas não estava longe. Comentário freqüente era de que se tornara tão bom escritor quanto o seu biografado. "Melhor", atalhavam os mais maldosos, ou, pelo menos, mais chegados às delícias das opiniões que aturdem e subvertem os valores consolidados.

Um dos signos da consagração, Lemoleme o teve ao voltar um dia à Universidade de Luzia B, a sua casa, o querido ambiente de seus inícios vacilantes, e agora, em vez de esgueirar-se anônimo pelos vetustos edifícios, provocar uma pequena comoção. Verificou-se que a sala reservada para a palestra em que falaria sobre o recém-lançado livro não estava à altura de sua nomeada. Tampouco o auditório nobre, de razoáveis dimensões e augustas tradições, servia. O evento acabou deslocado para o amplo espaço do pátio do Centauro, assim chamado por causa do tema do mural que o fecha do lado norte. Nas cadeiras, improvisadamente arrastadas para o local, acomodaram-se os professores. Os alunos espalharam-se pelo chão, numerosos como nas ocasiões de decisivas disputas esportivas.

Lemoleme encerrou a palestra com o mesmo fecho de ouro com que encerrara o próprio livro. Disse, insistindo no paralelismo entre *A Busca Vã* e a trajetória do próprio Bernardo Dopolobo, que o romancista, tangido por uma Leda invisível, atingira esse estágio luminoso que é a capacidade de decifração da vida por meio da arte. "Você também", sussurrou, para não ser ouvido senão por si mesmo, um jovem de cabelos encaracolados, sardas no rosto e volumoso de cintura que ocupava a primeira fileira. Era um jovem ainda tão inseguro de si quanto cheio de sonhos, como é próprio da idade. O que quis dizer, em seu entusiasmo, foi que o virtuosismo alcançado por Lemoleme no manejo de sua arte lhe conferia, a ele também, a faculdade de penetrar nos segredos da vida.

Esse mesmo jovem aguardou com paciência a fila que, terminada a palestra, formou-se à frente do palestrante, para a sessão de autógrafos. Quando chegou a sua vez, ousou formular uma pergunta: "Como se faz para ser um grande escritor?" Lemoleme riu. Perguntou seu nome. "Salustiano Fático", respondeu o rapaz, com voz insegura. "Fático?", quis confirmar Lemoleme, e então escreveu: *"Caro Salustiano Fático, não sei a resposta para sua pergunta. Mas sei que formulá-la é um bom começo. Com amizade, A. Lemoleme."* O jovem leu a dedicatória mudo de emoção. Até tremia um pouco. Lemoleme foi perpassado naquele momento pela idéia de que estava virando uma legenda. Sentiu-se bem pago como um deus depois do culto.

XIII

O fiacre é uma antiga carruagem de aluguel, puxada por um ou dois cavalos, dirigida por um cocheiro, e comportando, no compartimento fechado destinado aos passageiros, dois bancos que se confrontam um ao outro, nos quais duas pessoas podem acomodar-se de cada lado. O nome vem de São Fiacre, cultuado eremita do tempo das invasões bárbaras, cuja imagem figurava na fachada de um estabelecimento parisiense especializado na oferta dos serviços desse gênero de veículo. No século XIX, consistiam no tipo mais comum de carros de aluguel nas principais cidades francesas, estando disponíveis para pagamento por trajeto ou por hora. Em uma palavra, era o táxi da época.

Bernardo Dopolobo tomou-se de paixão pelo fiacre em exibição num antiquário nos arredores da basílica do Santo Sangue, em Bruges, na Bélgica. Veio-lhe à mente, repleta de quinquilharias literárias, o fiacre em que madame Bovary, no romance homônimo, cede à sedução do jovem Léon, encerrados os dois dentro do veículo enquanto o cocheiro se empenhava por horas a fio numa viagem sem rumo pelas ruas da pacata Rouen. O fiacre, com um par de rodas menor na frente e outro maior atrás, portas pintadas de vermelho nas bordas e de um amarelo esmaecido no centro, teto escuro e cortinas nas janelas, virou a grande atração da Casa dos Quatro Ventos, maior do que a casa em si, e atraía mais suspiros de admiração do que o magnífico lago que dominava a paisagem. Numa manhã de abril, um sábado de céu claro, Bernardo Dopolobo suicidou-se com um tiro no peito, enquanto, dentro do fiacre, conduzido pelo caseiro João Horácio, fazia o habitual passeio em torno do lago.

Não haverá quem não se recorde do choque que a notícia causou. Mortes já são em si chocantes, mortes súbitas ainda mais. Que dizer dos suicídios, sobretudo os suicídios sem quê nem porquê, ou ao menos aqueles em que não se enxerga nem o quê nem o porquê, de pessoas amadas e famosas? A própria primeira-ministra, informada do ocorrido durante um evento público, e logo cercada pelos microfones e câmeras de televisão, exibia um ar aturdido, ela em geral tão segura de si. O caseiro João Horácio, feito cocheiro nos passeios de fiacre, posição que assumia com gosto, mesmo que jamais lhe tivesse sido providenciada libré ou chicote com cabo de prata, pensou a princípio, ao ouvir o estampido, que tivesse partido de algum intruso a praticar clandestinamente a caça nas matas da outra margem do lago. Uma revoada de pássaros, as asas batendo nervosamente, como cem motores disparados ao mesmo tempo, foi ouvida em seguida, o que reforçou a impressão de tiro de caçador.

Estranhamente, não veio nenhum movimento de dentro do fiacre. O patrão não enfiou a cabeça pela janela, para conferir o que ocorria, nem para dirigir a palavra ao empregado. João Horácio desceu da boléia e aproximou-se da porta do veículo. A cortina estava cerrada. Chamou, e não obteve resposta. Girou então a maçaneta, devagar, bem devagar, com o escrúpulo de quem não quer devassar a intimidade nem atrapalhar o sono de outrem — até que de repente a porta se escancarou, pressionada por algo que a forçava pelo lado de dentro, e um corpo lhe tombou em cima. Caíram os dois, empregado e patrão, no chão, o patrão em cima do empregado, e João Horácio, tomado de pânico, levou alguns segundos para juntar os pontos e se dar conta do que ocorria. Finalmente conseguiu se desvencilhar do peso que o esmagava e pôr-se de pé. O chão, os bancos — o fiacre no qual ele empenhava tanto dos seus cuidados estava banhado de sangue.

Nas semanas que se seguiram, trechos dos livros de Dopolobo eram recitados no rádio, entrevistas reprisadas na TV, peças reencenadas nos teatros. Filmes baseados em sua obra voltaram ao cartaz, e os dois volumes da biografia do ilustre morto, de autoria de Adolfo Lemoleme voltaram a ser procurados quase como nos respectivos lançamentos.

Em paralelo às homenagens correram as especulações mais bizarras. Aqueles que sempre desconfiam das informações oficiais inventaram a tese do assassinato, em lugar do suicídio, variando na atribuição da autoria — para alguns uma amante abandonada, para outros um desafeto dos tempos do Afeganistão, do Chile ou do Reino da Espadócia, escolha-se o que melhor convier ao gosto e paladar. Um ponto de convergência era que o mentor do crime, fosse quem fosse, agira pela mão de João Horácio, logo ele, tão dedicado ao patrão, e tão desarvorado com o ocorrido, que foi preciso remover o fiacre para bem longe, pois agora não podia contemplá-lo sem arregalar os olhos e ter a face contorcida por horríveis esgares, aos quais se seguiam vômitos e, finalmente, o desmaio. Era como se o infeliz contemplasse no veículo, na verdade tão inocente pela morte do patrão quanto pelos desmandos de madame Bovary, a terrível face do destino.

As simplórias justificativas arquitetadas para dar fundamento à tese do assassinato empalidecem diante do desafio muito maior, porque voltado para as mais obscuras dobras da alma humana, de encontrar razão para o suicídio. Em certos meios próximos do romancista inventou-se que o gesto extremo tinha a ver com Adolfo Lemoleme. Lembrouse do mal-estar que, há tempos, ele demonstrava para com os avanços do biógrafo, na tentativa de escarafunchar-lhe a vida, entendê-la, interpretá-la e, até mesmo, de imitá-la. Dopolobo teria sofrido com isso como diante do invasor que ocupa seus mais sagrados territórios e de lá, como vil saqueador, leva alguma coisa.

Nos meios literários floresceu uma outra concepção, a de que o suicídio resultara de um esgotamento criativo, semelhante ao sofrido pelo morto quando se isolou na praia de Carauê, mas desta vez soando-lhe como definitivo, assustadoramente definitivo. Que seria viver, para Bernardo Dopolobo, sem escrever? Que valor teria essa insana e penosa fantasmagoria a que chamamos vida sem a possibilidade de refazê-la, romanceá-la, melhorá-la, piorá-la, tentar dar-lhe, nos livros, o sentido que ela em si não tem, ou tirar o sentido que ela parece ter?

Lembrava-se, nessa linha, de uma das mais recentes produções do autor, o conto *A Última Porta*, publicado na edição do centenário da revista *Ipso Facto*. Trata-se, para quem não leu — e com certeza poucos leram, dada a circulação restrita desta exclusiva e elegante revista — da história de um jovem, Fitzgeraldo Frankenboldo, dotado de precoce talento para as letras. Como primeiro empreendimento novelesco, pôs-se a escrever a história de um príncipe tomado pelo dever de vingar o assassínio do pai, que ele sabe ter sido perpetrado pelo amante da mãe. O jovem situava sua história, depois de descartar vários outros lugares, por implausíveis ou pouco atraentes, no reino da Dinamarca. Num certo trecho, particularmente inspirado, fazia seu personagem externar toda sua angústia e perplexidade num monólogo que começava com as seguintes e ominosas palavras: "Ser ou não ser, eis a questão."

Eis que, um dia, depara-se na biblioteca da cidade com um volume que contém essa mesma história, nas mesmas palavras ou quase, e se dá conta de que já fora escrita. Fitzgeraldo Frankenboldo rasga-a e começa outra. Agora, é a história de uma dupla, um sonhador e amalucado, outro realista e astuto, um cavaleiro e o segundo seu escudeiro, que saem em suas respectivas montarias à cata de aventuras galantes e oportunidades de heroísmo. Num capítulo, muito bem trabalhado pelo jovem escritor, o cavaleiro, doido do desejo de intrepidez, de fúria vingadora e de doidice pura e simples, investe contra um moinho de vento. Qual não foi sua surpresa ao descobrir que, também esta história, já tinha sido escrita.

Ele não desanima. Imagina a história de um navegante que dá com os costados em estranhas terras, uma habitada só por homens pequenos, a que daria o nome de Lilipute, outra por sábios cavalos. Já escrita também. Passa para a história de um ilustrado intelectual que pactua com o demônio em troca da conquista da felicidade. Já escrita. Experimenta a de um tipo casmurro, afligido pela traição da mulher, ou suposta traição, com o melhor amigo. Este trabalho já andava avançado. Fitzgeraldo escrevera umas boas cem páginas, especialmente felizes na descrição da mulher, a quem dera o nome de Maria Capitolina, quando descobriu que, também neste caso, alguém já chegara antes.

E assim ia o conto, ao longo de outros percalços da personagem, cujo talento acaba bloqueado pela inexistência de área virgem onde florescer. A moral da história, se é que é preciso explicitá-la, é que há um limite para a inventividade humana. O estoque de histórias é finito. A Fitzgeraldo Frankenboldo, como um herói grego que conhece o inferno, foi dada a duvidosa primazia de bater na última porta, a fronteira definitiva. Quis penetrar no mundo da criação ficcional quando ele já se encontrava lotado.

Ora, atribuir ao próprio autor as agruras das personagens é ir longe demais. É considerar que Dostoievski tinha ganas de matar velhinhas, ou que Kafka, em pessoa, experimentou a provação de um dia ter virado barata. Acresce que Bernardo Dopolobo produziu até seus últimos dias. A esse conto sucederam-se ainda outros trabalhos, inclusive a novela *O Lírio e o Tamanco*, em que o personagem, um premiado estatístico, cansado das tarefas convencionais, passa a dedicar-se a medições como o tempo que demora um sorriso para desmanchar-se, ou a quantidade máxima de lágrimas capaz de ser vertida num dia por cada olho, na convicção de que, de posse desses dados, seria possível uma reforma geral das emoções que devastam um ser humano. Não há prova, nem indício, de que sofresse de uma crise de criatividade.

Veridiana Bellini, enfim, armou sua própria teoria. No princípio ela não se deu ao trabalho de buscar explicação, paralisada que estava na lembrança das horas que antecederam a tragédia, aquelas horas assombrosas, que em retrospecto ganham enigmática significação, não porque prenunciam o desfecho amargo, mas, ao contrário, porque apresentam uma perturbadora normalidade, em contraste com o que está por vir. Ele se mostrava tão bem-humorado, na noite anterior! No jantar, abriu o melhor vinho da adega. Falou com entusiasmo do iminente lançamento de suas obras reunidas, impressas em papel bíblia, em três magníficos volumes, e ilustradas pelas xilografias de Emílio Papalardo, hoje quase tão familiares aos leitores quanto as ilustrações de Doré para a *Divina Comédia*. Depois do jantar, ouvira um disco de Vivaldi interpretado pelo conjunto I Musici, presente de seu amigo italiano Giovanni Pontano, o autor de *La Stagione*. E terminara a noite placidamente sentado na poltrona favorita, tendo à mão uma antologia de poetas de língua espanhola. Quem poderia prever?

Dias depois, ocorreu a Veridiana que Bernardo andara se queixando de falhas na memória. Contou que um dia, num fim de tarde, demorou-se a contemplar o multicolorido e espectral traço curvo que subia ao céu, de suave e tocante beleza — mas, que diabos!, não conseguia lembrar o nome daquilo. Durante bom tempo tentou e tentou, esquadrinhou os compartimentos da memória como alguém que desesperadamente busca um precioso objeto guardado não se lembra em qual gaveta, e foi só depois de muito afligir que... Arco-íris!, ora bolas. Arco-íris! Em outra ocasião, precisou voltar ao início do conto que escrevia para lembrar o nome com que tinha batizado o personagem.

O problema o levara inclusive a consultar um neurologista. Que lhe teria dito o médico? Bernardo nada lhe disse, nem ela insistiu. Isso lhe vinha agora à mente misturado à confissão do romancista, anos antes, de que tinha horror de acabar os dias como sua mãe, alienado do mundo e de si mesmo, já trancafiado na escuridão da não existência mas ainda, teimosa e absurdamente, existindo. "Foi isso", concluiu a companheira do escritor. Na visão dela, ele se apressara a deixar a vida antes que o cérebro o deixasse. Era uma corrida que não queria perder. Sabe-se como Veridiana mantinha-se firme, uma vez chegada a uma conclusão. Para ela, Bernardo Dopolobo sentira-se seduzido quando a vira manquitolando em sua direção, e não pelo contraste entre sua frente e o perfil. Igualmente, matara-se para antecipar-se aos males insuportáveis da ausência e da demência, e ponto final.

Adolfo Lemoleme foi alcançado pela notícia do infausto acontecimento na cidade de Davos, na Suíça, onde fora receber o Prêmio Joachim Simsen de Literatura do Desassossego, categoria biografia. Não é preciso descrever o choque e a consternação de que foi tomado. Naquele dia mesmo tinha viagem marcada para Roma. Não a cancelou. Queria estar sozinho, e a volta imediata significaria mergulhar na rodaviva de cerimônias e homenagens que, em imitação dos vaie-vens inúteis que compõem a vida, cercam o ritual da morte. O recolhimento, imaginava, o ajudaria a pensar em Bernardo Dopolobo e naqueles muitos anos em que sua própria existência esteve colada à dele. Punha-se, para ele, a questão de como seria, doravante, viver sem Bernardo Dopolobo.

Em Roma, Lemoleme passou longas horas na igreja de San Luigi dei Francesi. Foi um modo de homenagear

Dopolobo, que a tinha como a favorita, na cidade. Ali se pôs diante do *Chamamento de São Mateus*, quadro em que o Caravaggio flagra o futuro evangelista no momento mesmo em que é convocado por Jesus, ele, Mateus, um coletor de impostos, profissão de má fama, e de improvável perfil para servir entre os discípulos. "Quem, eu?", parece dizer o surpreso personagem, diante do aceno do Mestre. Logo eu? Por que eu? Lemoleme imaginou-se chamado, ele também um discípulo de modesta origem, para o serviço do mestre das letras. Mas não... No seu caso, o quadro teria de ser invertido. O discípulo é que se oferecia ao mestre. Ele é que se insinuou na esfera do outro. Lemoleme deu-se conta, então, de que com o choque e a consternação, um outro sentimento, o de culpa, o assolava, desde que recebera a terrível notícia. Mas culpa de quê, Deus meu? Ele ajoelhou-se e fez o sinal-da-cruz, algo que há tempos não fazia. Culpa de não estar perto dele, na hora da morte? De não tê-la pressentido? Ou culpa pelo fato mesmo de ter-lhe escrito a biografia?

Ao deixar a igreja, não sem antes virar-se para o altar principal e de novo fazer o sinal-da-cruz, pensava na injustiça que era o Caravaggio sobreviver aos olhos de Bernardo Dopolobo. Devia apagar-se, morrer com ele, era um despropósito e mais uma trapaça deste mundo que tudo que ele amou tivesse o privilégio da continuação, este quadro, esta igreja e esta cidade, assim como o céu azul que cobria a Casa dos Quatro Ventos, o sagrado morro em forma de cone de Santo Antão e o mar amigo da enseada de Carauê, todos muito donos de si mesmos, como se votados a uma impassível e cruel eternidade.

Lemoleme chegou a tempo de participar da cerimônia íntima em que as cinzas de Bernardo Dopolobo seriam espalhadas em torno da palmeira que domina o jardim da Casa dos Quatro Ventos. Veridiana Bellini correu ao seu encontro e os dois choraram abraçados. Durante a cerimônia, ela ficou com a cabeça pousada no ombro dele. Agarrava-se ao biógrafo como se assim se agarrasse a um resto de Bernardo Dopolobo. Depois, enquanto caminhavam devagar de volta à casa, Veridiana disse: "Estou pensando em transformar este local num Museu Bernardo Dopolobo. Que você acha?" Lemoleme achou boa idéia. "E vou precisar muito de sua colaboração", acrescentou ela. Despediram-se dos poucos convidados e Lemoleme, que agora estava sozinho com Veridiana e dona Gina, também fez menção de ir embora. "Não, você fica", pediu Veridiana. "Tenho algo para lhe mostrar."

Dona Gina tinha preparado para o jantar, como póstuma homenagem gastronômica ao antigo dono da casa, alguns de seus pratos prediletos — sopa de beterrabas de entrada, endívias à moda de Bruxelas em seguida. Na sobremesa, a torta de amoras que Dopolobo costumava saborear aos pouquinhos e exclamando: "Ah, dona Gina, não conte para sua filha, mas só casei com ela de olho na sogra que ia ganhar!" —, Veridiana argumentou que, dado o adiantado da hora, Lemoleme teria de adiar a volta para a manhã seguinte. "Você dorme no mesmo quarto, mas desta vez garanto que sem surpresa", acrescentou.

Lemoleme não entendeu de pronto. O episódio, de tão distante, esmaecera-se em sua memória. Ah, sim, aquela noite em que julgou ter o quarto invadido... A alusão de Veridiana não era gratuita — era disso mesmo que queria falar.

"Bernardo entrou no seu quarto, sim, naquela noite", confessou. Explicou que o romancista na verdade estivera secretamente por perto, naquela ocasião, durante a permanência do biógrafo na Casa dos Quatro Ventos. Observava-o por trás das paredes, espionava-o de binóculo em seus passeios. "Mas por quê?", indagou Lemoleme.

"Acho que por diversão", explicou Veridiana. "Pura diversão. A justificativa, mais tarde, quando soubemos que naquela época ele trabalhava em sua biografia, foi que queria observar como você era quando estava sozinho. Dizia que o segredo, para desvendar uma pessoa, era flagrá-la quando só. Por isso, inventou um jeito de se fazer invisível enquanto o observava..."

"E chegou a invadir meu quarto..." Lemoleme sentia-se ultrajado. Mesmo defunto, Bernardo Dopolobo conservava o dom de desestabilizá-lo.

"Não se sinta ofendido", pediu Veridiana. "Você acha que essa observação contribuiu em alguma coisa no livro que estava escrevendo? Bernardo era um grande brincalhão. Ele se divertiu em bancar o detetive, só isso. No máximo, foi uma pequena vingança contra alguém que, igualmente, xeretava a vida dele. Quanto a invadir o seu quarto..."

Ela contou então que o motivo foi que Dopolobo se deu conta, no meio da noite, de que tinha largado uma pasta no quarto onde Lemoleme dormia. Arriscou tudo, até ser descoberto, para resgatar a tal pasta. Não queria de modo algum que o hóspede pusesse os olhos nela. Felizmente, resgatou-a na mesma posição em que a deixara, o que significava que Lemoleme não a tocara, ao deitar-se. "Que pasta seria essa?", perguntou Lemoleme.

"Pois é, eu nunca soube o que continha. Mas a conheci por fora, porque ele me mostrou: uma pasta cor-de-rosa, simples, feia, já desgastada, dessas que se usam para arquivar papéis. Agora, veja só..." Nesse momento Veridiana levantou-se e, com seu passo claudicante, dirigiu-se ao canto oposto da sala, onde uma estante que cobria a parede inteira guardava as várias edições, em múltiplos idiomas, das obras de Bernardo Dopolobo. Retirou de lá uma pasta igual à que acabara de descrever.

"Isto foi encontrado no fiacre, ao lado de Bernardo, cuidadosamente enrolado numa embalagem de plástico, sem dúvida para protegê-lo de algum dano caso o sangue espirrasse para aquele lado. Ele pensou até nisso, e com razão, porque realmente a embalagem ficou salpicada de sangue." Veridiana trazia o objeto junto ao peito. Depois estendeu-o em direção a Lemoleme. "Tome, é seu", disse.

"Meu?" Lemoleme tomava o segundo choque da noite. A pasta rosa, cingida por uma fita negra, era encimada por uma etiqueta na qual se lia, com a letra do defunto: "Para o senhor Adolfo Lemoleme." Lemoleme desamarrou a fita, abriu a pasta, bateu os olhos na primeira das páginas que ela enfeixava, depois passou para a segunda... "São os manuscritos de *A Catedral Invertida*!", disse. "Não admira que ele não quisesse que eu os visse." "Mas agora, sem dúvida, ele quer", disse Veridiana.

Tomaram café nas poltronas junto às janelas que davam vista para os jardins. Lemoleme conservava a pasta no colo. A noite estava escura, mas o reflexo das luzes da varanda deixava entrever, por entre as sombras, a palmeira cujo pé tinha agora, misturadas à terra, aos fiapos de mato e às minhocas, as cinzas de Bernardo Dopolobo. Lemoleme contemplava aquela árvore de caule impecavelmente reto, serena e altiva, e murmurava consigo mesmo: "Você, hein?! Até depois de morto?!" Era a Bernardo Dopolobo que se dirigia. A árvore era Bernardo Dopolobo. Julgou alguma ironia, talvez algum sarcasmo, na forma como a palmeira se entremostrava a ele, meio encoberta pela escuridão, um vento fraco a mover-lhe molemente a folhagem.

Ao recolher-se, recostado na cama — aquela mesma cama da qual tinha contemplado a sombra de Bernardo Dopolobo a esgueirar-se no quarto —, abriu a pasta. Foi direto ao ponto indicado por um marcador de página ali deixado por acaso — ou não seria por acaso? —, e deu com uma passagem em que uma série de riscos com tinta vermelha indicava hesitações ou arrependimentos do autor. Tratava-se do trecho do livro que contava a história dos pais de Adolfo Lemoleme, ou a suposta história — o pai velhaco que não tinha pejo em manter a amante quase às vistas da mulher, que acaba por abandonar o lar e que afinal conhece um fim trágico, assassinado em circunstâncias não esclarecidas.

Só que, por trás da tinta vermelha... Sim, era possível, com atenção e paciência, reconstituir as frases cortadas. Por trás da tinta vermelha, emergia uma nova versão, mais trágica ainda, para os fatos narrados. Lemoleme lia com sofreguidão, como diante de um romance aterrorizante, mas que não se consegue largar. Segundo essa nova versão, que se desenvolvia sob o manto rubro da censura imposta pelo autor, conhecia-se perfeitamente a identidade do assassino do pai. Era a mãe. A mulher, cega de ciúme e de humilhação, dispara dois certeiros tiros no marido. "A velha raposa", exclamou

Lemoleme, referindo-se ao mestre, pela segunda vez, com a mesma palavra desrespeitosa. "Não contente em fazer de meu pai um assassinado, tentou fazer de minha mãe uma assassina!" Nesse ponto fechou a pasta, tomado de indignação.

"Fui eu que, primeiro, assumi como meu um episódio que na verdade pertence à vida dele", recapitulava, agora estendido na cama, ainda de roupa, e contemplando o teto do quarto. "Ele deu um passo além, e confirmou num livro, em letra de forma, para a perene memória dos leitores, que o caso realmente aconteceu comigo. Agora..." O raciocínio vinha-lhe aos poucos. "Agora, fico sabendo que numa primeira versão, depois censurada, ele acrescentou ao episódio este tenebroso ingrediente, de uma mãe que mata o pai. Se ele chegou a escrever isto, é possivelmente porque..."

"Elementar, meu caro Adolfo" — e quem se apresentava agora, a lhe expor a conclusão inevitável, era o professor Franz Albert Spielverderber, seu velho e nem sempre agradável conhecido. "Elementar: a mãe dele matou o pai. É por isso que ele escondia tanto o episódio. Por isso que protegia tanto aquela pobre mãe. Não pode haver nenhuma dúvida, meu caro, nenhuma."

Spielverderber! Há quanto tempo Lemoleme não topava com a face redonda, falsamente bonachona, de seu antigo orientador! Desde que alcançara o sucesso, dispensara-lhe os serviços. Tornara-se, ele próprio, o orientador de si mesmo, dono da confiança e da segurança que o aplauso alheio concede. Eis que agora, tantos anos passados, o personagem insinuava-se de volta. "Você a esta altura já sabe porque ele lhe deixou, como último legado, esta bendita pasta rosa", continuou o professor. "Ele foi tão explícito em suas intenções que até deixou um marcador de página a assinalar o trecho que desejava fosse lido. Sem dúvida a esta altura já lhe ocorreram as razões de o defunto agir como agiu."

"Bem, eu...", disse Lemoleme, e estancou no meio o pensamento. "Faça uma tentativa", insistiu Spielverderber. "Que teria motivado o morto?" Lemoleme ensaiou uma resposta: "Creio que ele desejou abrir mão de seu segredo. Diante da morte, não interessavava mais guardá-lo". "Pode ser", retomou Spielverderber. "Mas há algo mais importante, que diz respeito mais diretamente a você, e que, infelizmente, não lhe é agradável. Que seria?" Lemoleme permanecia em silêncio. "Vamos, tente", insistia o professor, com uma veemência que lhe sacudia os tufos de cabelo ao redor da calva. Lemoleme não ousava abrir a boca.

"Bem, se você se recusa a falar, faço-o eu." E então Spielverderber expôs o ponto de vista de que Bernardo Dopolobo brindara o biógrafo, *post-mortem*, com a desmoralização última e definitiva. "Como você pode ter pretendido recriar a vida de outrem, se não registrou um fato de tanta relevância quanto o que ele acaba de lhe revelar? Como pretendeu penetrar o espírito do grande Dopolobo, se não percebeu que ele teve a vida ensombrada pela marca terrível e indelével do assassinato do pai pela mãe?"

Lemoleme, mesmo sem trocar de roupa, e até sem tirar os sapatos, puxou o lençol para cobrir-se. Com um safanão, jogou no chão a pasta rosa. "É como lhe adverti desde o início", prosseguiu Spielverderber. "Não há como duplicar um ser humano. Não há como fazê-lo viver uma segunda vida no papel." O professor já se despedia, com um olhar de piedade sobre o discípulo. "Desculpe, eu não queria que isso terminasse assim, mas bem que lhe avisei: toda biografia é uma fraude." A voz agora era adocicada pela compaixão. "Durma bem."

Dormir bem? Lemoleme sentia as pernas tremerem sob o lençol. Positivamente, não tinha sorte naquele quarto. Algo nele atraía seus mais temidos fantasmas. Virou de lado e fechou os olhos. Mas como dormir? Então lhe ocorreu que, se Spielverderber acabara de empreender um triunfal retorno à sua intimidade, então por que não convocar, em regime de urgência, para contrabalançá-lo, o doutor Nochebuena? O psicanalista, ele o dispensara com mais razão ainda, diante dos bons resultados obtidos nessa incomparável terapia que é o sucesso. Nem se importara em deixar que o bom discípulo de Freud, ousando enfim realizar um antigo projeto, largasse o consultório para converter-se em cantor de ópera. Mas agora estava diante de uma emergência. Pediu com fervor, e eis então que o doutor Carlos Nochebuena concedeu em deixar os ensaios do Rigoleto, ópera na qual pela primeira vez lhe caberia um papel de primeira importância, para atender o antigo paciente.

"Que importa tudo isso?", disse o psicanalista, depois de tomar conhecimento do trauma que representou para Lemoleme travar conhecimento com a malfadada pasta rosa e ouvir-lhe as lamúrias. "Você é agora um autor consagrado, e não há razão para tirar-lhe essa condição. Se Bernardo Dopolobo, depois de morto, não resistiu à traquinagem de espicaçá-lo com uma revelação desagradável, também teve a gentileza de fazê-lo de forma discreta, só entre vocês. Ninguém mais precisa ficar sabendo. Esqueça esse assunto. Aliás, já está na hora de esquecer também essa biografia. Ela já é passado. Dê por encerrada sua faceta de biógrafo. Ouse percorrer outros caminhos, nesse campo de sua eleição que é a literatura. Você já está pronto."

Raras vezes o doutor Nochebuena foi tão rápido, e tão eficaz, em sua argumentação. Talvez fosse a pressa em retornar ao Rigoleto. Lemoleme levantou-se, apanhou a pasta no chão e guardou-a no fundo, bem no fundo da mala onde trouxera as roupas. Depois lembrou que a mala tinha um fundo falso, e achou melhor depositá-la ali. Voltou para a cama e dormiu.

Epílogo – Anos Depois

É tempo de Adolfo Lemoleme. Não há como ele, em fama e prestígio. À morte de Bernardo Dopolobo seguiu-se uma surpreendente guinada em sua carreira: virou ficcionista. Veio à luz uma fieira de romances marcantes, entre os quais *A Velhice do Corsário* e *Manual da Infidelidade*, para citar os mais conhecidos. O teatro foi outro gênero beneficiado por uma criatividade que agora explodia em borbotões (quem não se lembra de *O Ciclista Invisível*, que ficou três anos em cartaz e revelou o poder encantatório de Xavier de Agosto, no papel do Chimbum?), sem que esses novos frutos de seu múltiplo talento viessem a matar o ensaísta (*Os Três Mil Céus* é um mergulho na relação entre o modo de sentar, o formato das cadeiras e a visão de mundo esposada pelo homem ao longo dos séculos, sem os rigores científicos do antropólogo profissional, é verdade, mas com a intuição das sensibilidades privilegiadas e a graça dos artistas).

Alguns analistas sugeriram a hipótese de que foi preciso Bernardo Dopolobo morrer para que que Lemoleme desabrochasse em toda a plenitude. O outro teria funcionado como uma rolha a impedir a explosão de seus represados dons. Se tal suposição tem algum valor, é preciso considerar, por outro lado, que foi na observação laboriosa de Bernardo

Dopolobo, erigido em objeto de estudo por anos a fio, que Adolfo Lemoleme cresceu e acumulou a reserva de criatividade agora liberada.

A fama, o prestígio e a fortuna que, agora a título muito próprio, o contemplam, não significa que tenha esquecido o antigo biografado. Ao contrário, Adolfo Lemoleme assumiu, de bom grado, a condição de guardião da memória do mestre, ao se fazer co-presidente, ao lado de Veridiana Bellini, da Fundação Memorial Bernardo Dopolobo. Um museu, montado por ambos na propriedade dos Quatro Ventos, reuniu manuscritos, fotos, cartas, a biblioteca do desaparecido romancista e muito mais, organizado e classificado para fruição dos estudiosos e dos curiosos. Até uma carcomida pasta rosa figura entre os objetos expostos, embora desfalcada de certas páginas, como podem notar observadores mais atentos.

Uma das atrações do local é o fiacre, o famoso fiacre, exposto num hangar levantado nos fundos da casa e entregue aos cuidados — quem mais mereceria o encargo? — do antigo caseiro João Horácio. Recuperado do trauma que se seguira à morte do patrão, João Horácio não só retomou assim a condição de caprichoso responsável pela conservação do veículo, como dobrou essa condição com a de guia que explica sua história aos visitantes. Agora ele veste uma esplêndida libré de seda verde. E, a instâncias do público, não se furta em narrar as circunstâncias do suicídio do escritor. Nos dias de maior inspiração chega a reencenar, com dramático realismo, o dia trágico em que ouviu o tiro, pensou que proviesse de algum infame caçador, deu a volta no fiacre, abriu a porta, e o patrão caiu-lhe em cima. Agradecidos, os visitantes oferecem-lhe uma moeda. João Horácio recusa.

A proximidade de Adolfo Lemoleme com Veridiana Bellini, no trabalho de planejar e pôr de pé mecanismos que preservassem o acervo de Bernardo Dopolobo e instituições que lhe perpetuassem a memória, conduziu àquilo que a proximidade entre um homem e uma mulher costuma conduzir, ainda mais quando, como neste caso, é cercada de mútua simpatia e adubada por uma causa comum. Os dois acabaram se unindo. Felícia Faca sofreu as inevitáveis dores da rejeição, mas soube temperá-las com o paliativo do humor. "Já estou acostumada a ser passada para trás por Veridiana Bellini", dizia. Sorte que o antigo amante chinês estava disponível. Felícia voltou para ele. Teve ímpetos de adotar outro macaco, que seria batizado de Sir Richard II. Desistiu ao julgar que, na idade em que se encontrava, já não cairia bem conduzi-lo nos ombros.

Foi ao lado de Veridiana que Adolfo Lemoleme se apresentou, vestido a rigor, como pedia a ocasião, ao teatro São Miguel, esfuziante naquela noite do brilho de seus lustres e do esplendor dourado de suas frisas, para a estréia, numa récita beneficente, do musical baseado num conto de sua autoria, *O Pecado Encoberto*. Trata-se de obra que merece uma digressão, de novo — e sempre —, em honra dos que por algum motivo não tomaram conhecimento dela, ou já não a têm clara na memória. O conto versa sobre o encontro de duas amigas íntimas, confidentes desde os tempos do colégio. "Você freqüenta ainda Santo Antão?", pergunta a primeira. "Não há mais razão para ir lá", responde a outra. Elas ocupam uma mesa no terraço do restaurante Le Capharnaüm (representado, na versão teatral, por um cenário inspirado no restaurante Le Pompidou, de Paris). Enquanto não escolhem a comida, uma pede um gim-tônica, a outra um *manhattan*. "E o Marino, como vai?", retoma a primeira. "Faz tempo que não o vejo..." "Vocês não estão namorando?" "Não, que idéia." "Pensei..." "Nunca. Em nenhum momento isso esteve em cogitação. Mesmo porque..."

A primeira amiga tem cabelos escuros cortados um pouco abaixo da orelha e divididos ao meio. Os olhos castanhos são pequenos e os lábios grossos se suavizam por um batom de tonalidade rosa. Usa um terninho branco com finas listras acinzentadas, e tem em volta do pescoço um colar de grandes contas negras. A outra, bem menos formal, veste um largo suéter grená sobre calças jeans. É mais bonita que a primeira. Os cabelos negros lhe caem sobre os ombros. Tem olhos verdes.

"Mesmo porque o quê?", pergunta a primeira. A outra olha em volta, hesitante. "Mesmo porque o quê?", repete a primeira. "Como namorar alguém que passa o tempo a jejuar, tem os olhos em flama, só sai do estado de contemplação para pregar e anda cercado de discípulos?" "Ele virou isso, é?", pergunta a de terninho branco. A de jeans não se dá ao trabalho de responder. Olha para baixo, depois vira a cabeça em sinal de enfado. Quer mudar de assunto. "Seu casamento como vai?", pergunta à de terninho branco.

"Bah... Como tem que ir?", reage a amiga. "Tem que ir bem. Tem sempre que ir bem, não é mesmo? Sabe a última do Paulo? Ele agora acorda às seis da manhã para fazer ginástica." "É bom, saudável." "Saudável!? A ginástica é no quarto. Ele faz flexões, abdominais, pula, se sacode. Quem consegue dormir, com uma agitação dessas?" "Você devia levantar e fazer ginástica com ele. É bom para a saúde." "Detesto saúde. E detesto exercício. Disso quem gosta é você, que subia a pé todo o Santo Antão." "Nunca subi o morro todo a pé". "Então como era?"

A de calça jeans não responde. Decididamente, foge desse assunto. "Você se lembra da Emília?", retoma a de terninho branco. "A jogadora de rúgbi, filha do porteiro da escola?" "Não, essa é Maria Emília. Estou falando da Emília Cartela, uma meio vesga..." "Ah, a que tentou seduzir o professor de matemática?" "Professor de filosofia." "Pensei que fosse o de matemática. Que tem ela?" "Virou prostituta." "É mesmo? Onde?" "Onde!? Eu digo que ela virou prostituta e você me pergunta onde? O mais importante é saber onde? Se na Checoslováquia, no Egito ou em Goiás? No bordel da Lili Prancheta ou no da Rita Tanajura?" A outra riu. "Desculpe, foi uma reação, assim..." "Você não se choca?" "Ah, sim, estou chocadíssima." "E não quer saber mais? Não quer saber do como e do porquê, em vez do onde?"

O maître aproximou-se com o cardápio. "As senhoras não querem escolher?" "Não, por enquanto vamos continuar no aperitivo", diz a de terninho. Pediram mais um gimtônica e mais um *manhattan*. "Se você quiser me contar..." "É uma história escabrosa demais. Começa que ela não tentou... Ela seduziu mesmo, o professor de filosofia. E continuou com ele mesmo depois de casar, com um rapaz que era também da escola, Guilherme Franga, um sardento. Aliás, parece que foi o professor que arranjou o casamento dela, com a intenção de providenciar uma fachada para o caso clandestino deles." "Que horror..." "Horror nada, o Guilherme Franga estava perfeitamente a par do que ocorria, e concordava. O professor de filosofia era um homem bem relacionado, arranjou-lhe bons negócios e ele enriqueceu rapidamente." "E você ainda diz que prostituta é ela?" "Você tem razão. A certa altura ela largou os dois e ingressou num bordel." "Ingressou, você diz? Assim como se dissesse 'ingressou na carreira diplomática', ou 'ingressou na ordem das carmelitas descalças'?" "Combina com as razões que ela alegou. Disse estar cansada da sujeira dos dois, e então fugiu para o bordel." "Para se purificar?" "Deve ser." "Tem razão, ela. Desejo-lhe boa sorte."

Falaram de outras colegas dos tempos de escola. Informaram-se das respectivas famílias. A primeira disse que queria ter um filho, mas não com Paulo. Comentaram ligeiramente os filmes em cartaz. A de terninho sugeriu mais uma rodada dos aperitivos. A outra disse que não. A primeira insistiu. A outra cedeu. Encomendam então mais um gim-tônica e mais um *manhattan*. No meio do copo, a primeira olha fixamente para a segunda: "Você vai ter de me contar. De hoje não escapa." "O quê?" "Essa história de terceira revelação, de haver um único pecado. Que pecado é esse?"

A de jeans olha para as unhas. "Todo mundo sabe no fundo que só existe um pecado", disse afinal. "A mim, ensinaram que existem muitos. Os dez dos Mandamentos, mais os sete capitais, mais o pecado original... Isso para enumerar os mais cotados. Há ainda gradação entre eles. Veniais, mortais." "Quanta erudição." "Que me diz? Que fazer desse elenco todo, se só existe um?" "Tudo pode ser reduzido a um único." "E esse único é..." "Não cabe muito em palavras. Digamos que é o de nunca ter olhado para a Lua."

O maître volta a propor que escolham os pratos. "Acho que perdi a fome", diz a de jeans. "Então vamos tomar mais um?", pergunta a de terninho. "Não, impossível. Não posso mais." "Só para me acompanhar, por favor." "Você está querendo me embebedar." Pedem mais um gim-tônica e mais um *manhattan*.

"Vamos fazer de outra forma", recomeça a de terninho. "Vou enumerando as possibilidades que me ocorrem e você vai me dizer 'sim' ou 'não'. O pecado é... ser incapaz de amar?" A outra não diz nada. "Vamos, sim ou não?" "Não sei... Bem, se você quer mesmo uma resposta, vá lá: não." "Perder a fé?" "Não." "Perder a serenidade?" "Não." "Está ficando difícil. Perder a raiva?" "Olha, não sei. Não é nada disso, mas acho também que é tudo isso. Você me deixa confusa. Além do mais, estou bêbada." A moça de jeans tem um ar de desconforto. Mexe-se na cadeira, parece sufocada.

A de terninho cala-se. Está arrependida de ter levado a inquirição longe demais. "Desculpe", murmura. A outra agora tem lágrimas nos olhos. A de terninho pega-lhe na mão, fica algum tempo a contemplar a outra ternamente. "Acho que tudo se resume a não viver a própria vida, não é?", retoma, agora com voz baixa e carinhosa. "Mas como saber qual é a própria vida?", rebate a de calça jeans, no mesmo tom. Ficam um tempo em silêncio. "Eu pensei que você soubesse qual era o pecado único", diz a de terninho. "Mas eu sei", protesta a de jeans. "Você deve se lembrar do que Santo Agostinho disse a respeito do tempo", acrescenta. "Ensinavam no colégio. Ele disse: 'Só sei o que é o tempo quando não me perguntam.' Estou na mesma situação. Eu sei qual é o único pecado. Mas não quando me perguntam."

Pedem a conta. Saem cambaleantes, uma se amparando na outra, até desabarem no banco do táxi. "Sabe?", diz a de terninho. "Você tem razão. Esta noite eu compreendi. Só existe um pecado." A outra chora. A primeira puxa-a para junto de si, faz com que ela apóie a cabeça em seu ombro. Pôs-se então a acariciar-lhe a face, dizendo: "Pobre Leda, pobre Leda".

Que concluir deste polêmico trabalho? Alguns viram nele a vingança do discípulo contra o mestre. *O Pecado Encoberto* seria uma contestação de *A Busca Vã da Imperfeição*, entre outros motivos pelo recurso debochado a uma Leda embriagada, a transmitir angústia e insegurança, logo ela, a Leda tão querida do público, a mais pura personagem da galeria de Bernardo Dopolobo, a quem se costuma associar a adesão plena à vida e a promessa de liberdade. No pólo oposto, outros vêem nesta obra uma homenagem a Dopolobo. O texto de Lemoleme, de que aqui foi feito breve resumo, está recheado de citações e lembranças do mestre. Ressoam nesse trabalho, como em nenhum outro do autor, os ecos do escritor que ele tanto admirou. O discípulo teria farejado algo de inacabado no trabalho do mestre e o levado adiante, com sagacidade e respeitosa diligência.

Um moço presente naquela noite ao teatro acabara de publicar, na *Revista dos Dois Mundos*, um artigo em que esmiuçava as duas interpretações correntes da obra e concluía que, lida de um ou de outro modo, ela apresentava o mesmo frescor e a mesma capacidade de encantar e intrigar. Esse moço vinha se esmerando no estudo da obra de Adolfo Lemoleme. Dado seu interesse pelo autor, ele não podia deixar de comparecer ao espetáculo, e gostou do que viu — as inspiradas soluções cênicas, as coreografias originais e as belas canções, compostas por Oriano Lettera. Como o restante do público, emocionou-se com a canção de encerramento, *Pobre Leda*, de pungentes ressonâncias. Mas o que, com muito mais força, conduziu o moço ao teatro, naquela noite, obrigando-o a arcar com o alto preço do ingresso e, pior ainda, com o traje, emprestado de um amigo, que lhe apertava no peito e, nas calças, não lhe cobria o tornozelo, foi a esperança de um contato com Lemoleme.

A rigor, o moço — aquele mesmo Salustiano Fático que, anos antes, obtivera uma sensível dedicatória do autor de *Bernardo Dopolobo — Uma Vida —* não teve êxito. Só de longe conseguiu entrever, no meio do cortejo de admiradores que sem cessar lhe disputavam a atenção, a figura, a seus olhos impressionante, de Adolfo Lemoleme, os cabelos grisalhos a lhe caírem teimosamente sobre a testa, a face, onde já despontavam as rugas, a denunciar alguém que soube tanto construir uma obra quanto sorver a vida. Mas, num momento em que Veridiana Bellini foi refrescar-se junto à janela do majestoso *foyer* do São Miguel, decidiu que era tudo ou nada e, acercando-se, falou-lhe do projeto que há anos vinha acalentando — escrever a biografia de Adolfo Lemoleme. Uma completa, exaustiva biografia, explicou, capaz de retratá-lo de todos os ângulos possíveis, inseri-lo no seu tempo, falar de suas admirações e seus amores, as invejáveis aventuras, os eventuais percalços, as ilusões e as desilusões.

Tal era o atropelo com que desfiava seu pleito que Veridiana interrompeu-o: "Calma, pode falar mais devagar." "Falta um trabalho deste", retomou Salustiano Fático. Ele assegurou que para enfrentar o desafio estava disposto a investir tanto tempo e preencher tantos volumes quanto necessários. Claro, Bernardo Dopolobo já esboçara uma biografia de Lemoleme. Mas, com todo o respeito ao mestre, além de se tratar de obra realizada, reconhecidamente, sem o necessário rigor, ela retrata um Adolfo Lemoleme ainda na juventude, um Adolfo Lemoleme que não era ainda o grande Adolfo Lemoleme. E então? Que Veridiana achava disso? Poderia ele contar com a colaboração do escritor para seu projeto? Mais uma vez, agora com um sorriso que denunciava alguma simpatia pelo pressuroso rapaz, ela pediu calma. Assegurou que transmitiria a idéia ao marido, mas que a resposta não poderia ser imediata. Eles estavam de viagem marcada para o dia seguinte, e só voltariam dali a quarenta e tantos dias, em dezembro. O moço teria de esperar.

Salustiano Fático voltou para casa com o coração aos pulos. Nunca um dezembro lhe pareceu tão distante. Até lá, arderia de ansiedade pela resposta.

Copyright © 2006 Roberto Pompeu de Toledo

Todos os direitos desta edição reservados à
EDITORA OBJETIVA LTDA. Rua Cosme Velho, 103
Rio de Janeiro — RJ — CEP: 22241-090
Tel.: (21) 2199-7824 — Fax: (21) 2199-7825
www.objetiva.com.br

Capa
João Baptista de Aguiar

Revisão
Mônica Aggio
Antonio dos Prazeres
Monica Auler

Editoração Eletrônica
Abreu's System Ltda.

T649l   Toledo, Roberto Pompeu de
          Leda / Roberto Pompeu de Toledo. - Rio de Janeiro : Objetiva,
2006

        183 p.   ISBN 85-7302-784-3

        1. Literatura brasileira - Romance. I. Título

                                     CDD B869.3

Conheça mais sobre nossos livros e autores no site
www.objetiva.com.br
Disque-Objetiva: (21) 2233-1388

Este livro foi impresso na
LIS GRÁFICA E EDITORA LTDA.
Rua Felício Antonio Alves, 370 – Bonsucesso
CEP 07175-450 – Guarulhos – SP – Fax: (11) 6436-1538
Fone: (11) 6436-1000 – e-mail: lisgrafica@lisgrafica.com.br